GOL!

CHI SONO LE CIPOLLINE?

GASTON CHAMPIGNON
ALLENATORE

Ex calciatore e compagno di squadra di Platini, è il proprietario del *Petali in pentola*, un ristorante specializzato in piatti a base di fiori. Non si separa mai dal suo gatto Pentola. Il suo motto è: *Chi si diverte non perde mai!*

TOMMI
CENTRAVANTI

Capitano delle Cipolline, palleggia e prende a calci tutto ciò che gli capita tra i piedi. Il suo idolo è Gilardino. Quando Champignon l'ha visto palleggiare nel cortile di casa, ha subito capito che aveva la stoffa del campione…

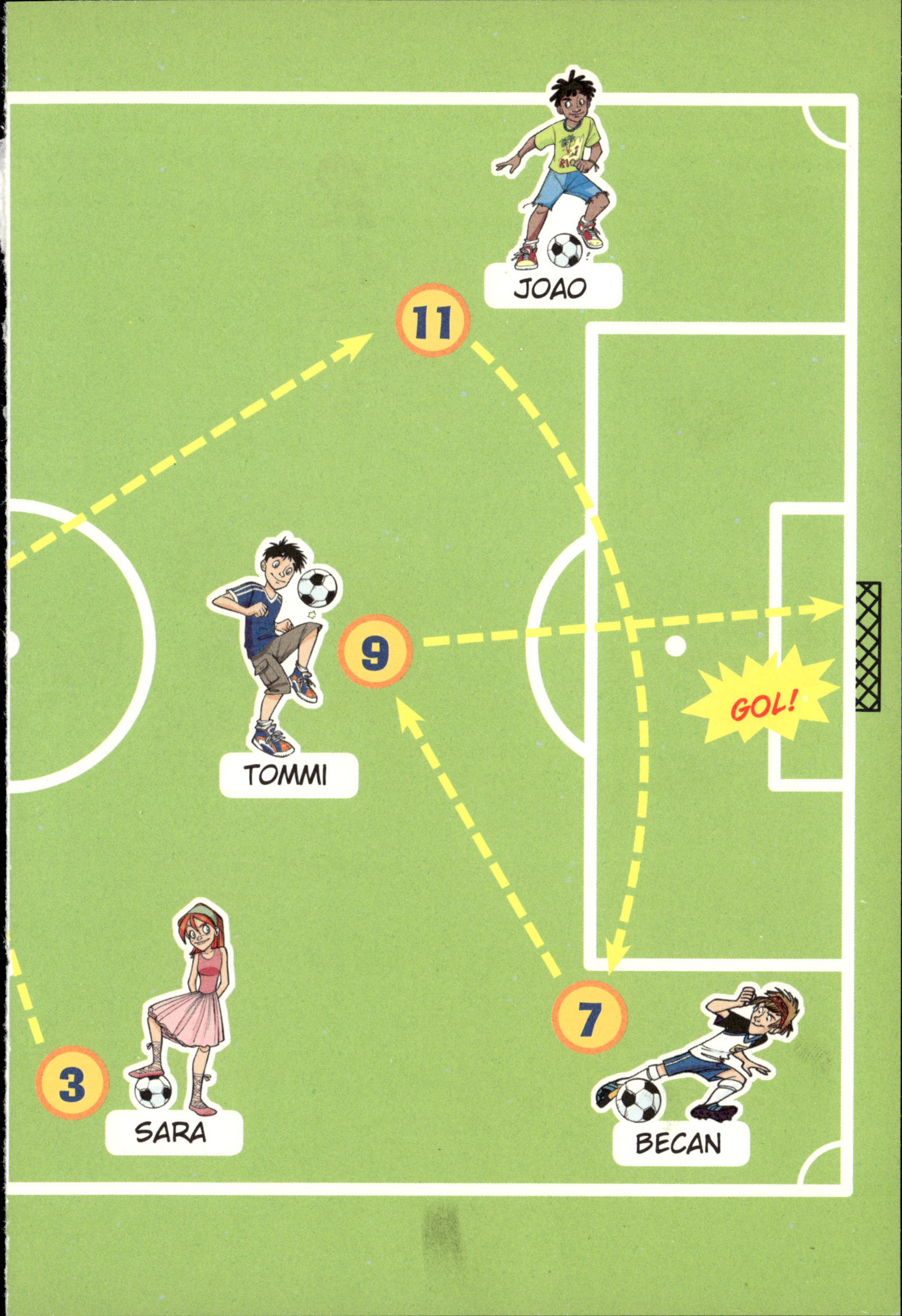
JOAO
11
TOMMI
9
GOL!
3
SARA
7
BECAN

DANTE
REGISTA

Occhialuto e magrolino, è appassionato di matematica, divora libri di ogni genere e *adora* i compiti in classe! In campo elabora le tattiche di gioco ispirandosi alle grandi battaglie della storia e si serve di geometria e fisica per studiare le parabole dei suoi lanci.

SPILLO
PORTIERE

In realtà l'ultima cosa a cui assomiglia è uno spillo... Divoratore di cioccolato bianco, ha la passione per il wrestling e gira sempre con una catena di plastica al collo. Quando vede la palla avvicinarsi alla porta, ci si butta come su un gelato alla panna!

LARA & SARA
DIFENSORI

Capelli rossi e lentiggini, si assomigliano come due gocce d'acqua. Costrette a studiare danza classica, sono in realtà due maschiacci con il calcio nel sangue. In camera hanno i poster di Gattuso e Materazzi e sono due difensori molto temibili…

BECAN
ALA DESTRA

Viene dall'Albania. I suoi genitori lavorano al *Petali in pentola*, il ristorante di Gaston Champignon, e lui li aiuta spesso. Ha la stoffa del vero calciatore: corre veloce come una gazzella e ha un ottimo destro.

JOAO
ALA SINISTRA

Originario di Rio de Janeiro, in Brasile, ha una famiglia numerosissima, appassionata di samba e di pallone! Passa le domeniche al parco a giocare a calcio con i suoi mille cugini. Mancino, nelle Cipolline gioca come ala sinistra.

CIRO
RISERVA

Gli amici lo chiamano Ciraffa, perché è più alto di una giraffa! Napoletano, ha tre fratelli che giocano a pallacanestro, ma lui adora il calcio. Esperto nei colpi di testa e bravo anche in porta, è il jolly delle Cipolline. Il suo mito è, ovviamente, Maradona…

www.battelloavapore.it

Progetto editoriale: Marcella Drago e Clare Stringer
Progetto grafico: Gioia Giunchi e Laura Zuccotti
Colore: Davide Turotti
Realizzazione editoriale: Dreamfarm s.r.l.

I Edizione 2008

20145 Milano - Via Tiziano, 32
www.edizpiemme.it - info@edizpiemme.it

Stampa: Mondadori Printing S.p.A - Stabilimento NSM - Cles (TN)

Luigi Garlando

L'ora della rivincita

Illustrazioni di
Stefano Turconi

PIEMME Junior

Alle mamme dei giocatori
che perdono troppo spesso

1
UN PALLEGGIO PER CHAMPIGNON

– È arrivato! – esclama Tommi con entusiasmo.

Lucia, che sta pulendo l'insalata, si asciuga le mani e raggiunge il figlio alla finestra.

Donato parcheggia un suv nuovo fiammante proprio davanti al portone di casa e suona il clacson, prima di sporgersi dal finestrino e salutare la sua famiglia con un sorriso orgoglioso.

Tommi ci mette tre secondi netti a scendere in strada per buttarsi alla scoperta della nuova auto di papà.

– Non è meravigliosa? – chiede Donato.

– Di più! – esclama il centravanti, studiando con attenzione il cruscotto pieno di comandi e lucine. – *È superbe!*

– Cosa ne dici, moglie? – domanda Donato con espressione fiera.

Lucia, che li ha raggiunti in strada, fa una smorfia:

– Io preferisco l'autobus 54 che guidi tutti i giorni.

Donato ci rimane male. Tommi ridacchia e strizza l'occhio alla mamma.

– Oggi andiamo a trovare Champignon con la macchina nuova? – chiede il capitano.

– Non lo so, vediamo – risponde il papà. – I parcheggi degli ospedali sono luoghi pericolosi. La gente che va a trovare i malati è preoccupata, guida soprappensiero ed è più facile fare incidenti. Meglio non rischiare...

Poi Donato nota qualcosa ed esclama: – Attenta, Lucia, mandala via subito!

– Ma è solo un'ape… – risponde sua moglie.

– Appunto – insiste Donato. – Non vorrei che mi rigasse il cofano con il pungiglione.

– Ho capito – conclude la mamma di Tommi. – Hai comprato questo carrozzone per tenerlo sempre chiuso nel box…

Al pomeriggio, però, Tommi riesce a convincere il papà e sulla nuova macchina raggiungono l'ospedale San Raffaele.

Come ricorderai, qui è ricoverato il cuoco-allenatore delle Cipolline, che ha avuto un problema al cuore e domani sarà operato. Gli impianteranno una piccola valvola che lo aiuterà a guarire e gli consentirà di tornare a svolgere una vita regolare.

Nella stanza di Gaston Champignon ci sono già sua moglie Sofia, Augusto e tutte le altre Cipolline. Dante ha una scacchiera sotto il braccio. Tommi saluta i compagni di squadra e Monsieur Champignon con un "Cipo-ok".

– Non ha un po' di fifa, mister? – chiede Spillo, che non ha certo peli sulla lingua.

Il cuoco-allenatore sorride e si liscia il baffo destro. – Caro Spillo, la vigilia di un intervento chirurgico è come la vigilia di una partita... un po' di nervosismo c'è sempre. Ma mi sono allenato bene e ho il fisico di una quercia, quindi sono sicuro che andrà tutto per il meglio. Voi, piuttosto: vi state allenando? La finalissima si avvicina.

Le Cipolline descrivono a Gaston i loro ultimi allenamenti. Becan spiega che durante una partitella ha appoggiato male un piede e gli si è gonfiata un po' la caviglia. Sara racconta che i ragazzi dell'Accademia Blu si fanno vedere sempre più spesso all'oratorio per fare scherzi e prendere in giro.

Champignon consiglia ai ragazzi di non rispondere alle provocazioni dell'Accademia e di pensare solo ad allenarsi con impegno, poi suggerisce a Tommi gli esercizi da fare in settimana.

– Presto tornerò a dirigere gli allenamenti – assicura il cuoco-allenatore. – E il giorno della finalissima sarò sicuramente in panchina. Non voglio perdermi la nostra rivincita!

– Questo lo vedremo più avanti – interviene suor Camilla, l'energica infermiera che si occupa di Champignon. – Per oggi ha chiacchierato anche troppo, saluti i suoi campioncini e si riposi un po'. Tra poco serviremo la cena.

Il cuoco-allenatore osserva la suora che esce dalla stanza e commenta. – Quando giocavo in Francia, avevo un allenatore severissimo. Lo chiamavamo il Generale, ma suor Camilla è molto peggio...

Le Cipolline sorridono, Dante si avvicina, posa la scacchiera sul letto del suo allenatore e dispone gli scacchi bianchi e neri.

– Vuoi fare una partita ora? – chiede sorpreso Champignon.

– Solo un paio di mosse, mister – dice il numero 10. – Tocca a lei, che ha i bianchi.

Il cuoco prende un pedone bianco e lo sposta

avanti di due caselle. Dante avanza con il cavallo nero, poi ripone gli scacchi nella scatola di legno e si rimette la scacchiera sotto il braccio.

I compagni lo guardano perplessi.

– La partita la finiremo tra qualche giorno – spiega il numero 10 al suo allenatore. – Riprenderemo da queste due mosse. Ho pensato che cominciare una cosa prima dell'operazione porta bene. Non so come dire... Beh, sì, insomma... siccome la partita è aperta, lei è costretto a guarire per finirla.

– Un trucco per legarmi alla vita... – commenta Champignon. – È una grande idea, da vero numero 10. Ma soprattutto un bel pensiero, da vera Cipollina. Grazie a tutti, ragazzi.

– Ci vediamo domani, mister – saluta Lara.

– No, meglio di no – avvisa il cuoco-allenatore. – Ci rivediamo tra qualche giorno, quando starò meglio. Mi opereranno domani pomeriggio, verso le cinque. A quell'ora, quando entrerò in sala operatoria, mi piacerebbe pensare che le mie Cipolline sono in campo a giocare. Promesso?

– Promesso! – esclama Tommi.

Mentre le Cipolline salutano Gaston, Lucia abbraccia la signora Sofia, che ha gli occhi lucidi.

Il giorno dopo, verso le quattro del pomeriggio, le Cipolline entrano all'oratorio Giovanni XXIII per l'allenamento e vedono Duccio che sta uscendo dagli spogliatoi.

– Che cosa ci fa qui? – chiede Spillo ai compagni.

– Di sicuro niente di buono – risponde Joao.

– Ciao Cipolline! – esclama il difensore dell'Accademia Blu. – Siete pronte a perdere un'altra finale?

– No, – risponde Sara – siamo pronte per la rivincita.

– Mi tremano già le gambe… – ridacchia Duccio. – Lo sapete che quest'anno noi dell'Accademia Blu non abbiamo perso una sola partita in tutto il campionato?

– Lo sappiamo – ribatte Spillo. – Per questo ci sarà più gusto a battervi. Con una sola sconfitta vi perderete tutto e quelle vittorie non vi saranno servite a niente… Non vedo l'ora!

Le Cipolline approvano, divertite.

– Per vincere però bisogna segnare – continua Duccio. – E chi li fa i gol? Il vostro centravanti scartato dall'Inter?

Tommi, punto nell'orgoglio, sta per rispondere, ma Lara lo precede: – Il nostro centravanti non è stato scartato dall'Inter, è tornato per aiutarci, perché noi avevamo un numero 9 che era un vero pollo: il vostro Loris!

– Uno che non riusciva a segnare neanche alle bambine – aggiunge Ciro.

– Lasciatelo perdere – interviene Tommi. – Andiamo a cambiarci. Abbiamo promesso a Champignon di essere in campo alle cinque.

Duccio, il robusto difensore dell'Accademia Blu, si piazza davanti al capitano delle Cipolline e quasi gli tocca il naso con il suo: – Ti consiglio di usare parastinchi molto spessi, perché i miei tacchetti saranno tutti per te...

Tommi non risponde, si sposta solamente e prosegue verso lo spogliatoio seguito dalle altre Cipolline.

Duccio si allontana ridacchiando.

Mentre i compagni si stanno cambiando, Augusto entra nello spogliatoio con il sacco dei palloni.

– Ecco che cos'è venuto a fare quel bisonte! – spiega l'autista della Cipo-line. – A sgonfiarci tutti i palloni...

Nel sacco infatti non c'è un solo pallone gonfio.

– Dovremo stare più attenti – suggerisce Sara.

– Ho l'impressione che da qui alla finalissima i simpaticoni dell'Accademia Blu ce ne combineranno di tutti i colori per innervosirci.

Augusto prende la pompa e, con l'aiuto dei ragazzi, gonfia tutti i palloni. L'allenamento può iniziare. Pochi minuti prima delle cinque.

– Il nostro Champignon sta per entrare in sala operatoria – spiega l'autista, che ha radunato la squadra a centrocampo. – Alleniamoci con passione, come ci ha chiesto lui. Io ho il telefonino in tasca. Sono d'accordo con la signora Sofia che mi chiamerà quando tutto sarà finito. Cominciamo a correre attorno al campo.

Tommi chiede il permesso di rimanere a palleggiare. Solleva il pallone e comincia a tenerlo in aria colpendolo alternativamente con i due piedi, con la coscia e con la fronte.

– Perché il capitano non corre con noi? – chiede Spillo, mentre gira attorno al campo con i compagni.

– Credo che voglia fare quello che ho fatto io ieri con gli scacchi – risponde Dante.

– Cioè? – domanda il portiere.

– Ha cominciato a palleggiare prima dell'operazione e finirà solo quando Augusto ci dirà che tutto è andato bene, vedrai – spiega Dante. – Anche questo è un modo per legarlo alla vita, come ha detto il mister.

Spillo non è sicuro di aver capito, ma risponde ugualmente: – Ah...

E continua a correre, sbuffando come un camino.

Finito il riscaldamento, le Cipolline si dividono in coppie e si allenano nei passaggi, poi gli attaccanti si esercitano nei tiri a rete, mentre i difensori si dedicano ai colpi di testa.

Tommi intanto continua a palleggiare per conto suo, camminando attorno al campo.

Augusto osserva l'orologio. Sono passate le sei. Da più di un'ora Gaston Champignon è in sala operatoria e la signora Sofia non ha ancora telefonato.

L'autista della Cipo-line si accorge che anche i ragazzi sono un po' preoccupati; allora, come avrebbe fatto il cuoco-allenatore, organizza un gioco.

Sparpaglia a centrocampo una decina di pentole e spiega: – Ora vi dividete in due squadre. Ognuno prende un pallone e comincia ad aggirarsi tra le pentole, cercando di tenerlo sempre vicino al piede. Attenzione, siete in tanti nel cerchio delle pentole e lo spazio è poco: è facile che la vostra palla finisca tra i piedi di un compagno. L'esercizio è molto utile per il dribbling e per la difesa del pallone. A un certo punto chiamerò due di voi, uno per squadra: dovrete scattare verso la porta e cercare di fare gol a Spillo. Il primo che segna prende due punti, l'altro uno. Se la palla non entra in porta, i punti vanno a Spillo. Ok?

Le Cipolline portano a spasso il pallone nel cerchio, cercando di evitare le pentole e i compagni.

– Sara e Igor! – urla Augusto all'improvviso.

– No, carissima! – la corregge Spillo. – Sono in vantaggio io perché ho parato il primo tiro che vale due punti, mentre tu hai fatto un gol da un punto. Vero, Augusto?

L'autista delle gemelle conferma.

I ragazzi si appassionano alla sfida, che prosegue incertissima. Chi rimane a centrocampo tifa per il compagno di squadra che scatta e poi esulta se la palla entra in rete. Augusto è soddisfatto, perché il gioco ha coinvolto le Cipolline distraendole dal pensiero dell'ospedale.

Solo Tommi, che palleggia girando intorno al campo, continua a pensare al suo allenatore. Da un'ora e mezzo tiene il pallone in aria. A forza di fissarlo ha gli occhi stanchi. Sente un dolore al polpaccio, sa che è in arrivo un crampo. Tutta colpa della grande concentrazione che gli fa tendere i muscoli.

Vorrebbe fermarsi, ma si è convinto che se il pallone cadesse a terra, a Gaston Champignon potrebbe accadere qualcosa di brutto, perciò stringe i denti e continua a palleggiare, di testa e di piede.

La sfida la vince Spillo, che ha parato più tiri dei gol che ha subito.

Proprio mentre tutti i compagni si stanno complimentando con il loro portiere, squilla il telefonino di Augusto.

Tutti si bloccano in silenzio.

Poi Augusto sorride e annuncia: – L'operazione è riuscita alla perfezione! Il mister sta benissimo!

I ragazzi corrono verso Tommi, che solleva il pallone con la coscia prima di calciarlo altissimo e abbracciare i suoi amici. Nessun gol al mondo potrebbe dare la gioia che provano ora le Cipolline!

Il loro allenatore sta bene e presto tornerà in campo.

Mentre rientrano nello spogliatoio, Lara si avvicina a Tommi e gli dice: – Capitano, domani verso le tre vado dal dentista, ti spiace palleggiare un po' anche per me?

Il numero 9 sorride e scambia un "Cipo-ok" con la gemella.

Nello spogliatoio la brutta sorpresa.

Spillo infila le mani nelle tasche dei suoi jeans, si guarda attorno, sposta le borse per terra, poi esclama: – Mi hanno rubato i soldi!

– Sei sicuro? – chiede Becan.

– Pensaci bene – consiglia Ciro. – Magari li hai spesi per le pizzette...

– Sono sicurissimo! – ribatte il portiere. – Dovevo comprare un quaderno per domani. Scommetto che è stata la banda di Loris!

– Senza prove non possiamo accusare nessuno. Ma d'ora in avanti non dovremo più lasciare lo spogliatoio aperto, per nessun motivo – conclude Tommi. – Non solo per i soldi ma anche per i palloni.

2
RUGBY E TENNIS PER SPILLO

Primo pomeriggio.

Lucia sta avviando la lavastoviglie, mentre Donato è seduto in poltrona a leggere il giornale.

Tommi ha appuntamento con Lino all'oratorio. Saluta i genitori poi, arrivato alla porta, sorride a un'idea che gli è venuta in mente e chiede al papà:
– Ma come è stato l'incidente?

– Quale incidente? – domanda Donato, staccando gli occhi dal giornale.

– Tornando da scuola ho notato che hai un'ammaccatura sulla fiancata destra dell'auto – spiega il capitano.

Papà Donato molla il giornale sulla poltrona e si alza di scatto. Non si infila neppure le scarpe e non aspetta l'ascensore. Si butta giù per le scale in pantofole, facendo gli scalini a due a due.

Lucia chiude lo sportello della lavastoviglie, che

comincia a borbottare, e domanda a Tommi: – Gli hai fatto uno scherzo, vero?

Il centravanti sorride: – Già, e mi sembra che sia venuto bene...

Mamma Lucia scoppia a ridere e va a godersi la scena dalla finestra: Donato esce a razzo dal portone, gira per tre volte attorno al suv nuovo, passa una mano sulle portiere come per volerle accarezzare poi, quando si convince che la sua auto non ha subito alcun danno, si mette le mani sui fianchi e tira un gran sospiro.

Proprio in quel momento, Tommi esce dal portone.

– Tutto a posto, papà? – chiede con aria indifferente. – Nessuna ammaccatura? Beh, forse avevo visto male...

Donato lo guarda con aria di sfida: – Ti piacciono gli scherzi, figliolo? Benissimo, ne avrai quanti ne vuoi!

Lino, il piccolo giornalista delle Cipolline, è già seduto su una panchina dell'oratorio con il taccuino in mano. Deve fare un'intervista al capitano da pubblicare sul prossimo numero del *GiornaLino*.

– Senti, Tommi, – chiede Lino – credi che le Cipolline possano prendersi la rivincita nella finalissima?

Il capitano risponde: – Non sarà facile, perché l'Accademia Blu è ancora più forte dell'anno scorso. Hanno perso Saverio, che è andato all'Inter, ma so che hanno trovato un'ala destra velocissima e un centrocampista che segna un sacco di gol di testa.

Lino annuisce un po' in imbarazzo, come se non volesse dare brutte notizie a Tommi, poi spiega: – Sono stato all'Accademia Blu per vedere i loro allenamenti e intervistare Loris. Quell'ala destra è davvero una freccia! Si chiama Farfan e viene dal Camerun, come Eto'o, il centravanti del Barcellona. Una freccia nera quasi impossibile da fermare. Il nuovo numero 8, invece, è una giraffa: se salta tocca la traversa con la testa e ha due gambe lunghe come scope. Con tre passi percorre metà campo! Ci credo che l'Accademia ha vinto tutte le partite quest'anno...

FARFAN

Tommi ascolta, ma non si fa impressionare.

– In finale giocheranno in sette, come noi. Ognuno di loro avrà due gambe e due braccia come noi – ribatte. – La loro porta sarà larga come la nostra e giocheremo con lo stesso pallone. Quindi significa che ce la vedremo alla pari. Anche lo scorso anno sembravano imbattibili, eppure ci hanno sconfitti solo grazie a una scorrettezza!

Lino prende nota sul suo taccuino, poi chiede ancora: – Loris dice che l'Accademia Blu ha il 99% di possibilità di vincere, mentre voi ne avete solo una. Tu cosa pensi?

– Io dico che ne abbiamo cinquanta noi e cinquanta loro, – risponde Tommi – perché partiamo alla pari. Io ho fiducia nei miei compagni. Se la partita sarà leale, sono sicuro che vinceremo noi!

– Non avere in panchina Gaston Champignon, però, sarà un grave danno per voi – osserva il giornalista. – Non potrà guidarvi durante la partita e decidere le mosse che servono.

– Ma il nostro mister ci sarà! – risponde sicuro Tommi. – Mancano ancora venti giorni alla finalissima. Monsieur Champignon è già tornato a casa e ha tutto il tempo per riprendersi completamente.

Vedrai, sarà la nostra arma in più, perché vogliamo dedicargli la vittoria per festeggiare nel migliore dei modi la sua guarigione!

Lino annota anche questa risposta sul taccuino. Tommi lo osserva mentre scrive e si accorge che le due dita che stringono la penna sono nere in punta.

– Cosa ti sei fatto alle unghie? – domanda il capitano.

Il giornalista distoglie lo sguardo e risponde in tono sbrigativo: – Ah, niente... me le sono chiuse per sbaglio in un cassetto...

Dante bussa alla porta di casa Champignon.

Viene ad aprire la signora Sofia. – Ciao Dante, entra pure. Mio marito ti sta aspettando.

Il numero 10, con la scacchiera sotto braccio, raggiunge la sala dove trova il cuoco-allenatore, seduto in poltrona. Indossa una tuta di raso bianca, con i bottoni della giacca d'oro, lo stemma di una cipolla gialla sul petto e sulla schiena la scritta *Cipolline* a caratteri d'oro.

– Ti piace, Dante? – chiede Champignon, alzandosi in piedi e girandosi su se stesso come un modello. – Me la sono fatta fare da un sarto su misura.

– È elegantissima, mister! – commenta il numero 10. – E le sta anche molto bene. Mi sembra che in ospedale lei abbia perso qualche chilo...

CHAMPIGNON

– Sì, caro Dante – risponde Gaston Champignon lisciandosi il baffo destro e abbracciando la signora Sofia. – Sono dimagrito e il mio cuore ora funziona meglio di una sveglia svizzera! Mia moglie ha un marito tutto nuovo, bello come un attore del cinema!

La signora Sofia sorride e si allontana verso la cucina. – Siediti e non stancarti troppo, attore del cinema... – dice. – Io ti preparo una bella tazza di tè al gelsomino. Tu ne vuoi, Dante?

– Grazie, signora, molto volentieri – risponde il numero 10, che si siede in poltrona davanti a Champignon e dispone gli scacchi sulla scacchiera.

Il cuoco-allenatore osserva e dice: – Abbiamo già giocato due mosse e ora tocca a me, se non sbaglio.

– Esatto – conferma la Cipollina.

Devono portare a termine la partita iniziata all'ospedale, quella che è servita a Dante per legare alla vita il suo allenatore prima dell'operazione al cuore.

È una partita molto combattuta. Dopo un'ora di gioco, però, il cuoco sembra in grande difficoltà. Gli scacchi sono uno sport da cervelloni e Dante, da buon primo della classe, se la cava da campione. Monsieur Champignon, concentratissimo, con il baffo sinistro tra le dita, osserva le sue pedine che vengono fatte prigioniere una dopo l'altra. L'allenatore è rimasto solo con il re, un cavallo e pochi pedoni.

Dante cerca la mossa del ko.

Sembra una partita segnata, invece, a sorpresa, il cuoco solleva il cavallo, lo ripone sulla scacchiera e annuncia con voce tranquilla: – Scacco matto.

Dante non ci vuole credere. Fissa con attenzione tutti i pezzi e alla fine deve convincersi: ha perso una partita che era sicuro di vincere. Solleva lo sguardo e vede il sorriso del suo allenatore, che beve un sorso di tè al gelsomino e poi si liscia il baffo destro.

– Ricordatelo, Dante – gli dice Champignon. – A un re basta il suo cavallo per vincere la battaglia.

Tommi rientra a casa e saluta la mamma che sta preparando la cena.

– Dove sei stato oggi? – gli chiede Lucia. – Ho incontrato Becan e mi ha detto che non ti ha visto all'oratorio.

– Ho fatto un giro – risponde il capitano, che non ha molta voglia di parlare.

Nel pomeriggio ha raggiunto in bici la scuola di danza per fare una sorpresa a Egle, ma la ballerina non c'era. Da qualche giorno la sua amica non si fa vedere all'oratorio e non si è fatta neppure sentire. Evidentemente Tommi non le manca così tanto...

A questo sta pensando il capitano quando si avvicina Donato che, con il telefono all'orecchio, racconta: – Tommi? Sì, oggi è stato al parco Forlanini con una sua amica... una certa Gigia... sì, quella con gli occhi verdi... la conosci anche tu? Va bene, Egle, glielo dirò...

Il centravanti spalanca gli occhi e si lancia sulle spalle di papà, cercando di strappargli il telefono dalla mano.

Donato si libera dall'assalto e conclude la telefonata: – Stai tranquilla, Egle, gli riferirò tutto. Anche le parolacce... Hai perfettamente ragione... ciao Egle, buona serata.

Tommi è diventato pallido. – Ma cosa le hai raccontato? – sbotta. – Sei impazzito?

Il papà allarga le braccia. – Sei tu che hai cominciato con gli scherzi, io ho solamente risposto...

Il capitano strappa il telefono dalle mani di Donato, chiama immediatamente Egle e tutto d'un fiato dice: – Guarda che era uno scherzo! Mio papà ti ha raccontato un sacco di stupidaggini! Io oggi non sono andato al Forlanini e non vedo Gigia da una vita! Anzi, sono venuto a cercarti a danza perché avevo voglia di vederti, ma tu non c'eri. La signora Sofia può confermare tutto, mi ha visto! Come?

Egle finalmente riesce a parlare e, in tono seccato, ribatte: – Ma cosa cavolo stai dicendo? Tuo papà non mi ha mai telefonato!

Tommi si volta e vede Donato che ride come un matto sul divano. Aveva fatto finta di telefonare a Egle... quello era il vero scherzo!

Il centravanti, con calma, spiega la situazione alla ballerina e poi aggiunge: – Negli ultimi giorni sei sparita. La signora Sofia mi ha detto che hai saltato molte lezioni di danza e che non sembravi tanto allegra, allora ho pensato che forse c'era qualche problema e che ti facesse piacere parlarmene...

– No, nessun problema – risponde Egle. – Sì... cioè... c'è una cosa, ma non ho voglia di parlarne... scusa...

E interrompe la telefonata. Senza nemmeno dire "ciao".

Tommi è quasi sicuro che Egle stesse piangendo.

La finalissima si avvicina, le Cipolline si allenano con impegno. La voglia di rivincita cresce di giorno in giorno. La notizia che la partita verrà disputata all'Arena di Milano, il vecchio stadio che un tempo ospitava Inter e Milan, ha aumentato l'emozione.

In attesa che Champignon torni in campo a guidare la squadra, è ancora Augusto a dirigere l'allenamento, con l'aiuto di Tommi. Mentre il capitano spiega gli esercizi che devono eseguire i compagni, l'autista si dedica a Spillo, che si è piazzato tra i pali e sorride sorpreso: – Mister, ma cambiamo sport?

Augusto infatti ha in mano una palla ovale. – Il pallone da rugby è utilissimo per allenare i riflessi di un portiere, perché i suoi rimbalzi sono imprevedibili – dice al numero 1. – Io te lo lancio dal limite dell'area e tu, dopo il primo rimbalzo, dovrai cercare di bloccarlo. Pronto?

Augusto sorride. – Non è facile come sembra, vero?

Spillo si rimette tra i pali e ci riprova. Questa volta, invece di tuffarsi subito, aspetta di capire la direzione del rimbalzo e poi si lancia con grande prontezza, afferrando la palla.

– Presa! – esclama trionfante.

Dopo una serie di esercizi con la palla ovale, Augusto cambia sport. Porta al limite dell'area una grande cesta piena di palline da tennis gialle.

Poi impugna una racchetta e spiega al portiere

delle Cipolline: – Ora ti bombarderò con le palline. Tu cerca di respingerne più che puoi. Vedrai, allenandoti con le palle piccole, respingere il pallone da calcio ti sembrerà più facile. Pronto?

Augusto pesca dalla cesta la prima pallina, la lancia in aria e la colpisce con la racchetta. Spillo la intercetta all'incrocio dei pali e la allontana di pugno, con un gran volo. Quando si rialza, vede altri due puntini gialli che gli vengono incontro...

– Guardate! – avverte Lara.

Le Cipolline interrompono l'allenamento e osservano da lontano Spillo, che sembra assalito da uno sciame di api... Vola da un palo all'altro e respinge una nuvola di palline gialle.

Quando Augusto fischia la fine dell'esercizio, esplode l'applauso delle Cipolline: – Grande Spillo! Sei pronto per Wimbledon!

I ragazzi rientrano verso le docce commentando il divertente allenamento del portiere, ma appena scoprono la brutta sorpresa smettono immediatamente di ridere.

– Mi hanno rubato i soldi! – esclama Joao.

– Anche a me! – dice Ciro, con il portafoglio vuoto in mano.

– Eppure la porta era chiusa a chiave… – osserva Dante.

– E la banda di Loris oggi non si è vista – aggiunge Tommi.

Le Cipolline si guardano senza sapere cosa dire.

Nessuno osa neppure sospettare che tra loro possa esserci un ladro.

Eppure un ladro c'è.

3
ECCO IL LADRO!

Lino sta appendendo alla bacheca dell'oratorio Giovanni XXIII l'ultimo numero del *GiornaLino*.

Le Cipolline si avvicinano incuriosite, perché sanno che contiene l'intervista a Loris.

Sara e Lara leggono con occhi da tigre e con i pugni sui fianchi. Evidentemente non sono d'accordo con il contenuto dell'intervista...

– Ma avete visto cos'ha detto quello sbruffone? – chiede Sara appena ha finito di leggere. – *In finale segnerò di sicuro una tripletta, perché fare gol a due bambine è la cosa più facile del mondo...*

– Glielo insegneremo una volta per tutte cosa vuol dire giocare contro due bambine arrabbiate! – esclama Lara in tono minaccioso.

– Non prendetevela, ragazze. Io non la leggo neanche quell'intervista. Non dobbiamo dare a Loris la soddisfazione di vederci arrabbiati per le sue parole. Dobbiamo ignorarlo – suggerisce il numero 10.

– Dante ha ragione – concorda Joao. – Io infatti sto leggendo l'intervista di Tommi. Capitano, non ti sembra di essere stato un po' troppo pessimista? Solo cinquanta possibilità su cento di vittoria... Io invece sono sicuro che li stritoleremo quelli dell'Accademia Blu!

– Ben detto, Joao – approva Ciro.

– Meglio parlare dopo che prima – risponde Tommi. – Lasciamo che siano loro a fare gli sbruffoni. Noi pensiamo ad allenarci e a presentarci alla finale nella condizione migliore.

Detto questo il capitano si accorge che, rispetto al giorno dell'intervista, Lino ha due unghie nere in più.

– Ti sei chiuso nel cassetto anche l'altra mano? – domanda al piccolo giornalista.

Lino si guarda le dita e, con un po' d'imbarazzo, risponde: – Sono un po' distratto ultimamente... Ciao, ragazzi.

Si infila le mani in tasca e si allontana verso il cancello dell'oratorio.

Spillo, che sta ancora leggendo il *GiornaLino*, osserva: – Ero sicuro che Lino avrebbe riportato la notizia del furto nel nostro spogliatoio.

– Hai ragione, è strano che non abbia scritto niente – commenta Sara. – A Lino piacciono le notizie e le foto sensazionali, come quella del nostro capitano che bacia una nuova ragazza...

Le Cipolline ridacchiano.

Ma Tommi non fa in tempo a rispondere alla battuta della gemella, perché arrivano in bici Loris, Duccio, Beppe e altri due ragazzi dell'Accademia Blu.

– Avete letto l'intervista del nostro capitano? – chiede Beppe a Lara.

– No – risponde la gemella. – Non abbiamo tempo da perdere per certe stupidaggini.

– Allora avrete letto quella della vostra amica Tommasina... – interviene Duccio.

– Non conosciamo nessuna Tommasina – ribatte Sara.

– Come no? È il vostro capitano! – esclama il difensore dell'Accademia.

– Il nostro capitano si chiama Tommaso, non Tommasina! – precisa Lara. – E ti consiglio di non provocarlo.

Duccio allarga le braccia, come per scusarsi: – Forse ho sbagliato, ma dopo aver visto la sua bici, pensavo che gli piacesse avere un nome da bambina...

– Adesso andiamo – ordina Loris, stranamente silenzioso. Di solito è lui il re delle prese in giro...

I ragazzi dell'Accademia si allontanano seguendo il loro capitano.

Duccio urla da lontano: – Ciao, Tommasina!

Le Cipolline corrono alla fontanella dell'oratorio, dove c'è il parcheggio per le biciclette e trovano quella di Tommi completamente ridipinta di rosa: dal manubrio alle ruote.

– Sono stati loro con le bombolette spray – commenta il capitano, sconsolato.

– In finale pagheranno anche questa! – promette Sara, arrabbiatissima.

A Ciro e Spillo, invece, scappa da ridere.

– Non prendertela, Tommi. Non è poi così brutta... – prova a dire Ciro per consolare il centravanti.

– Sembra una meringa alla fragola – aggiunge Spillo. – Quasi quasi me la mangio...

«Come faccio ad andare a prendere Egle con un mostro del genere?» si chiede Tommi, pedalando verso la scuola di danza.

Ha l'impressione che tutte le persone che incontra per strada stiano ridendo della sua bici-confetto.

Anche Egle, appena esce dalla scuola di danza, si mette una mano sulla bocca per nascondere un risolino. Poi chiede a Tommi: – Te l'ha prestata la tua amica delle Rosa Shocking?

– No, è stato uno stupido scherzo di Loris – borbotta il capitano.

– Non prendertela, Tommi – lo consola la ballerina. – A me il rosa piace, ci salgo volentieri!

Se non altro, la bici-confetto è servita per ridare un po' di buon umore a Egle, che negli ultimi giorni era sparita e al telefono era sembrata molto triste.

Tommi e la sua amica ballerina raggiungono il parco Forlanini, lui in piedi sui pedali, lei seduta sulla sella.

È una giornata splendida. Il sole scalda come al mare e fa venire una gran voglia di vacanze. Infatti molti ragazzi sono sdraiati sull'erba, in costume, e un gruppo di amici sta provando a montare una tenda da campeggio. Tommi compra due coni al carretto dei gelati, poi guida Egle verso il laghetto.

– Lo sai, i pesci rossi sanno dare buoni consigli... – mormora il capitano. – E l'altra sera, per telefono, mi hai detto che c'è qualcosa che non va.

La ballerina risponde senza guardare Tommi: – Ti ho detto anche che non voglio parlarne.

Poi sbriciola la cialda del cono nell'acqua e osserva i pesci che salgono a galla per piluccare.

– Ok, – continua il centravanti – ma puoi chiedere consiglio lo stesso. I pesci ti ascoltano anche se non parli. A me hanno sempre aiutato.

– Stavolta non possono farci proprio niente – ribatte Egle. – È già tutto deciso.

– Cosa è deciso? – domanda il capitano.

Egle non risponde, continua a fissare il laghetto. Appena ha gettato in acqua l'ultimo pezzo di cialda, si volta verso Tommi e dice: – Dopo le vacanze mio papà dovrà partire per lavoro. È un ingegnere, lo mandano a costruire una diga. Io e la mamma lo seguiremo.

– E quanto ci vuole a costruire una diga? – chiede subito Tommi, prima ancora di respirare.

– Almeno due anni – sospira la ballerina.

– Due anni? – ripete il capitano. – Beh... ti verrò a trovare spesso. Tanto abbiamo la Cipo-line!

– Non si arriva in Cina con la Cipo-line – dice Egle, che ha gli occhi lucidi come il lago.

– In Cina?! – esclama Tommi.

La palla di vaniglia gli rotola giù dal cono e cade in acqua con un tonfo che fa scappare i pesci rossi.

Per tutta la giornata Tommi non riesce a pensare ad altro: Egle presto andrà in Cina, che è lontana come la Luna.

Per due anni non potrà vederla ballare, non la porterà in bici, non si siederà accanto a lei sulla Cipo-line, non ascolterà i suoi discorsi strani, non la applaudirà ai concerti degli Skeletron, non potrà litigare con lei e fare la pace. Non la bacerà come a Parigi.

Ci pensa anche di sera, mentre gira attorno al campo con i suoi compagni di squadra.

Quando affianca Dante, infatti, il capitano gli chiede: – Sai per caso quanto è lontana la Cina?

– Più di 10.000 chilometri – risponde senza esitazione il centrocampista.

– Sono tanti 10.000 mila chilometri? – domanda ancora Tommi.

– Direi proprio di sì! – esclama Dante. – Dieci volte la lunghezza dell'Italia. Immagina di arrivare in Sicilia, poi tornare indietro, poi tornare giù... per dieci volte. Ma perché me lo chiedi? Non ti avranno proposto di andare a giocare in Cina?

Tommi si sforza di sorridere. – No, stai tranquillo, resterò nelle Cipolline... Era solo una domanda.

Dopo la corsa, Augusto consiglia agli attaccanti e ai centrocampisti di esercitarsi nei tiri in porta, mentre lui si dedica ai difensori.

Sposta al centro del campo la barriera delle sagome di cartone, quella che serve per le punizioni, poi spiega l'esercizio: – Ora alleniamo un po' l'anticipo. Sara si mette qui, davanti alla barriera, Lara e Ciro dietro, pronti a partire. Comincia Lara.

– Perfetto! – applaude Augusto. – Anticipare Loris sarà molto importante, perché il capitano dell'Accademia non è molto veloce, ma quando riesce a conquistare palla a centro area è bravissimo a voltarsi e a tirare. Quindi dovremo essere più bravi noi a non fargli arrivare il pallone.

Sara, Lara e Ciro allenano l'anticipo per un quarto d'ora, poi l'autista cambia esercizio. Becan e Joao, a turno, scendono lungo la fascia per fare i cross verso il centro dell'area, dove Tommi attende marcato da Ciro.

L'allenatore spiega alle gemelle come marcare le due ali: – In questo caso non dovete cercare di recuperare il pallone, ma accompagnare solo il vostro avversario verso la bandierina. Se lo affrontate faccia a faccia, l'ala può scartarvi all'interno del campo e puntare la porta, se invece vi mettete un po' di profilo, dando le spalle al campo, lo costringerete a correre lungo la linea di gesso. E un attaccante che punta la bandierina è molto meno pericoloso di un attaccante che scatta verso la porta. Chiaro?

Le gemelle hanno capito. In questo modo dovranno marcare la nuova ala destra dell'Accademia Blu, la Freccia Nera, che è velocissima.

Dopo una partitella a porticine, Augusto fischia la fine dell'allenamento. – Chi vuole può fermarsi ancora a calciare qualche punizione – dice.

Igor e Ciro sistemano le barriere al limite dell'area, mentre Spillo si piazza tra i pali. Solo Tommi si incammina subito verso le docce. Ha guardato la Luna, alta nel cielo, e gli è sembrata lontana come la Cina. Non ha più voglia di giocare.

Apre la porta dello spogliatoio, accende la luce e vede un ragazzo che fruga nei pantaloni appesi all'attaccapanni.

Tommi spalanca gli occhi ed esclama: – Lino!

Spalanca gli occhi anche il piccolo giornalista, che esclama: – Tommi!

Restano per alcuni secondi così, uno di fronte all'altro, impietriti dalla sorpresa. Poi Lino scappa fuori.

Tommi non lo insegue, è ancora stordito da ciò che ha visto.

Dante, che ha finito l'allenamento, si avvicina e gli chiede: – Chi era quello che correva fuori?

– Ho aperto lo spogliatoio e l'ho trovato qui... – risponde il numero 10.

– Il ladro! – esclama Dante. – L'hai riconosciuto?

– No – mormora Tommi, allargando le braccia.

4
LA PUNIZIONE DEL CAVALLO

Il pomeriggio seguente Tommi esce di casa con lo zaino in spalla e monta sulla sua bici rosa. Non ha ancora trovato il tempo per riverniciarla, ma presto lo farà.

Nello zaino non ci sono scarpe da calcio, ma costume da bagno, telo di spugna e ciabatte di gomma. Le gemelle hanno organizzato una merenda in piscina nella loro nuova casa di Segrate. La giornata è caldissima, l'ideale per giocare in acqua.

Ma, prima, il capitano deve sbrigare una faccenda.

Passa dai giardinetti e fa un giro del quartiere alla ricerca di Lino. Lo trova seduto su una panchina dell'oratorio Giovanni XXIII, la stessa dell'intervista. Stavolta però il piccolo giornalista non ha il taccuino in mano. Non dovrà fare domande, ma dare delle risposte.

– Ciao, Lino – saluta Tommi.

– Ciao – risponde il giornalista, senza neppure alzare la testa.

Probabilmente si vergogna di guardare negli occhi l'amico che lo ha sorpreso a rubare nello spogliatoio.

Il capitano aspetta che sia Lino a parlare. Infatti, dopo qualche secondo di silenzio lo fa.

– Conosci Achille? – chiede il piccolo giornalista.

– Quello che hanno sospeso perché ha allagato i bagni della scuola? – domanda Tommi.

– Sì – conferma Lino. – Una volta mi ha chiesto cinque euro, io glieli ho dati e lui non ha più smesso di farlo. Mi ha minacciato. Per un po' ho preso i soldi dal borsellino di mia mamma, ma ho avuto paura che se ne accorgesse. Così, quando ho visto il vostro spogliatoio aperto sono entrato...

– Ma ieri lo spogliatoio era chiuso – osserva il capitano.

– Sono andato da don Callisto, gli ho raccontato che avevate perso la chiave e lui mi ha dato quella di scorta – spiega Lino.

– Perché non l'hai detto a nessuno? – chiede Tommi. – A una maestra, al preside, ai tuoi genitori... ti avrebbero aiutato.

– Ma lo vedi com'è grosso Achille? – esclama il piccolo giornalista. – E ha un fratello in prigione... Lo sai che va sempre in giro con un martello in tasca? Mi ha minacciato e io ho avuto paura...

– È stato lui a farti le unghie nere? – domanda Tommi.

– Sì, e mi ha detto che se ne parlo a qualcuno, mi fa nere anche le altre... – sospira Lino, infilandosi le mani in tasca.

Mentre pedala verso Segrate, Tommi pensa al da farsi.

– Per prima cosa – decide – ne parlerò con le Cipolline.

Quando arriva alla villa delle gemelle, i suoi amici sono già in giardino sdraiati al sole, o in acqua a giocare.

– Dov'eri finito, capitano? – chiede Joao. – Pensavamo che ti fossi perso. Stavamo mandando i cani a cercarti!

– Trovare un ragazzo su una bicicletta rosa non è poi così difficile – commenta Pavel, mentre le Cipolline sghignazzano.

Egle è seduta a bordo piscina, con i piedi in acqua. Indossa un costume rosa e bianco molto carino. Sorride a Tommi, che pensa alla Cina, lontana dieci volte l'Italia, e sente una specie di crampo allo stomaco, come quando la maestra in classe guarda il registro e dice: – Oggi interrogo…

Ma il crampo gli passa subito perché Spillo, sul trampolino, strilla: – Guarda che tuffo, capitano!

Sara commenta: – Se fa ancora due tuffi del genere, mi svuota la piscina…

Dopo essersi cambiato in casa, Tommi torna dai suoi amici e li raduna sul prato: – Devo dirvi una cosa importante.

E racconta tutto. I compagni ascoltano a bocca aperta. Nessuno vuole crederci: il ladro era Lino…

– Ecco perché non ha scritto una riga sul furto nel *GiornaLino*! – esclama Lara.

– Dobbiamo aiutarlo – propone subito Sara.

– Sì, ma come? – chiede Dante. – Achille è un tipo che fa davvero paura.

– Io non ho ancora capito chi è questo Achille – dice Ciro.

– Lo hai visto di sicuro – interviene Becan. – È quel ragazzo alto che ha uno scorpione tatuato sul braccio e che indossa sempre degli stivaletti a punta.

– Dev'essere anche bravo a giocare a pallone, perché una volta l'ho visto palleggiare con gli stivaletti a punta – commenta Joao. – Io non ce la farei mai...

– Se è così bravo, perché non gioca mai le partitelle durante l'intervallo? – chiede Ciro.

– Perché nessuno vuole giocare con lui – risponde il numero 10. – È un prepotente e ha un fratello in prigione.

Tommi riprende la parola: – Dobbiamo decidere cosa fare con Lino.

– Farci restituire subito i nostri soldi! – esclama Spillo.

– Testone, il problema non sono i nostri soldi, ma come aiutare Lino! – lo rimprovera Dante.

– Dobbiamo denunciare Achille al preside e farlo sospendere – propone Sara.

– Fare la spia non è bello – osserva Becan.

– Fare la spia è brutto quando si mette in difficoltà qualcuno ingiustamente, – ribatte la gemella – ma noi così proteggiamo un nostro amico che subisce dei ricatti!

– Sara ha ragione – approva Dante. – Non dobbiamo vergognarci di chiedere l'aiuto dei grandi.

– Prima di chiedere l'aiuto dei grandi, però, potremmo provare a parlarci noi con Achille – propone Joao. – Ci andiamo tutti insieme. Se vede che Lino ha tanti amici, forse lo lascerà in pace.

– O ci prenderà tutti a martellate… – borbotta Lara.

Le Cipolline discutono a lungo sul caso, ognuno dice la sua opinione, e alla fine accettano la proposta di Tommi: – Parliamone prima di tutto con Champignon, lui saprà darci il consiglio giusto.

Presa la decisione, la squadra organizza una sfida di pallanuoto.

– Prima di giocare, ammirate il mio super-tuffo che mi ha reso famoso nel mondo! – annuncia Spillo.

Le Cipolline, in piscina, scoppiano a ridere. Tutte tranne Spillo, che riemerge rosso come il cartellino delle espulsioni e balbetta: – Mi scusi tanto, signora... non l'avevo vista...

Tommi, in camera sua, ha tra le mani qualcosa di sferico. Ma per una volta non è un pallone. È il mappamondo.

Conta quanti stati bisogna attraversare per arrivare fino in Cina, poi misura la distanza con le dita e verifica se è più lontana la Cina o l'America. Vedere che con una mano sola riesce a unire Milano a Pechino gli dà un certo conforto. In fondo Egle non sarà così lontana...

Papà Donato si affaccia e chiede: – Cosa fai?

– Studio geografia – risponde pronto il capitano. – Domani mi interrogano.

– Puoi fare una pausa e aiutarmi a scegliere il regalo per la mamma? – chiede il papà. – Si avvicina il suo compleanno...

– Andiamo con la macchina nuova? – si informa Tommi.

– Certo! – risponde orgoglioso Donato.

Durante il viaggio verso la gioielleria, il papà di Tommi non è affatto tranquillo. Man mano che si avvicinano al centro c'è sempre più traffico e Donato suona il clacson ogni due minuti, urlando a tutti: «Attento!», «Ma dove vai?», «Non vedi che ho la macchina nuova?», «Mi stai venendo addosso!».

Tommi lo guarda preoccupato: – Papà, non ti sembra di esagerare un po'?

– Non sono io che esagero, – risponde Donato – sono loro che si sono messi d'accordo per ammaccarmi l'auto nuova! Sono invidiosi!

Nella gioielleria del centro Tommi sceglie un bellissimo paio di orecchini che a mamma Lucia piaceranno senz'altro.

– Glieli daremo al ristorante – decide Donato. – Sabato: cena a sorpresa per la mamma!

Tommi e Dante suonano alla porta di Gaston Champignon, che viene ad aprire con un grande sorriso: – Che bella sorpresa! Come stanno le mie Cipolline?

– Benissimo, mister – risponde Dante – siamo quasi pronti per la finalissima.

– Ma abbiamo un problemino di cui parlarle – aggiunge Tommi.

– Accomodiamoci in sala, allora – propone il cuoco-allenatore, che indossa la sua elegantissima tuta di raso con la cipolla sul petto.

Il capitano racconta tutta la storia di Lino e Achille, mentre Gaston Champignon ascolta con grande attenzione, lisciandosi a turno entrambi i baffi. Alla fine resta per qualche minuto in silenzio, picchiettandosi il cucchiaio di legno sulla testa e fissando il soffitto.

Tommi e Dante si guardano un po' imbarazzati.

Poi il cuoco si stacca dallo schienale della poltrona e propone: – Io dico che bisogna invitarlo agli allenamenti.

– Chi? – domandano in coro le due Cipolline.

– Achille – risponde Champignon. – Mi avete detto che è bravo a giocare a pallone. Mancano cinque giorni alla finalissima: dobbiamo fare una partitella di prova. Radunate una squadra di vostri amici che possa giocare contro di noi. E ditelo anche ad Achille.

– Dobbiamo farlo entrare nel nostro spogliatoio? – chiede Dante, sorpreso.

– Ma quello entra in campo con il martello e ci fa tutti neri! – esclama Tommi.

– Sentite, spesso un ragazzo diventa un bullo perché non ha amici e la sua solitudine si trasforma in cattiveria – spiega il cuoco-allenatore. – Non è colpa di Achille se ha un fratello in prigione e non è una buona ragione per non farlo giocare a calcio con noi. Magari, trovando dei compagni che lo accettano, cambierà comportamento. Si accorgerà che Lino ha molti amici e non lo minaccerà più. Cosa ne pensate?

– Possiamo provare – commenta Dante.

Tommi approva con un cenno del capo.

– Se questa soluzione non funzionerà, parlerò con i genitori di Achille e insieme troveremo un'altra strada per proteggere il nostro amico Lino – conclude il cuoco-allenatore, che poi toglie tutti gli scacchi dalla scacchiera e lascia solo il cavallo bianco.

– Il cavallo che mi ha fatto perdere la partita! – commenta Dante, sorridendo.

– Ma che potrebbe farti vincere la prossima – aggiunge Champignon, lisciandosi il baffo destro. – Ora fai attenzione: ti insegno la punizione del cavallo.

Quello stesso pomeriggio, durante gli allenamenti, Dante e Tommi collaudano il nuovo calcio di punizione di Champignon.

Spillo sistema la barriera di legno al limite dell'area e poi si piazza tra i pali.

Metà porta è coperta dalle sagome, l'altra metà è protetta dal portiere.

Vicino alla palla c'è Tommi. Alla sua destra, spostato di un metro, c'è Becan. Qualche passo più indietro attende Dante, pronto a calciare.

Uscendo dall'oratorio, Joao esclama: – Guardate!

Appeso c'è un foglio scritto a mano, firmato da Lino, dice: *Il* GiornaLino *sospende la pubblicazione. Ringrazio i miei fedeli lettori*.

5 IN MISSIONE DA ACHILLE

Le Cipolline stanno discutendo su una panchina dell'oratorio Giovanni XXIII. Devono decidere chi andrà a parlare con Achille.

– Potremmo andarci tutti insieme – propone Joao.

– Meglio di no – ribatte Dante. – A vederci arrivare in gruppo Achille potrebbe innervosirsi e reagire male.

– Giusto – osserva Igor. – Allora ci va solo Tommi, che è il capitano. In fondo è lui che ci rappresenta tutti.

Tommi non è per niente entusiasta dell'idea: – Sì, ma questa non è una partita! Cosa c'entra? Forse è meglio se mandiamo Dante, invece, che è il più bravo di noi a parlare. Riesce a convincere perfino i professori...

– Sì, ma Achille non è un professore! – protesta il numero 10. – Quelli come me, che hanno gli occhialini e vanno bene a scuola, Achille li prende a martellate sulle dita...

– Ho trovato! – esclama Spillo. – Grande idea! Mandiamo le gemelle! Achille non avrà mica il coraggio di prendere a martellate due ragazze così carine e gentili...

Sara e Lara guardano il portiere furibonde, con i pugni sui fianchi.

– Sono io che prendo a martellate te! – esplode Sara. – E tu saresti un lottatore di wrestling? Complimenti! Fai tanto lo sbruffone con quella catena al collo, poi quando c'è da mostrare un po' di coraggio, ti nascondi dietro due ragazzine!

– Ben detto, gemella! – esclama Lara. – Dovreste vergognarvi tutti! Invece di fare a gara per aiutare il nostro amico Lino, fate a gare per tirarvi indietro. È così che le Cipolline dimostrano di essere un fiore?

Nessuno fiata. Spillo abbassa lo sguardo, come per studiare la punta delle sue scarpe.

Poi Dante, ritrovando improvvisamente il coraggio, decide: – Va bene. Andremo io e Spillo. Discorso chiuso. Dove sarà a quest'ora Achille?

– Di pomeriggio è quasi sempre alla sala giochi di via Ortica – risponde Becan.

– Bene, andiamo – conclude il numero 10, facendo un cenno a Spillo, che sembra molto meno convinto.

I due si incamminano verso il cancello dell'oratorio.

– Eccolo – dice Dante, appena riconosce Achille da lontano.

Il bullo è appoggiato con la schiena al muro accanto all'ingresso della sala giochi. Da solo.

Appena si accorge delle due Cipolline, si stacca dal muro e si piazza al centro del marciapiede, come per sbarrare loro la strada. Tiene le mani infilate nelle tasche dei jeans e fissa i suoi stivaletti a punta. Ha i capelli completamente rasati sulle orecchie e una specie di cespuglio biondo sopra la testa. Lo scorpione tatuato sul braccio sembra vivo.

Spillo d'istinto si infila le mani in tasca, forse per mettere al sicuro le

ACHILLE

unghie. Dante, nervoso, manda giù un po' di saliva.

– Voi siete amici di Lino, vero? – chiede Achille.

– Conosciamo per caso un certo Lino? – borbotta Spillo a Dante, con grande imbarazzo e la faccia paonazza.

– Certo che lo conosciamo – risponde il numero 10 in tono sicuro. – È un nostro amico e siamo qui anche per questo...

Achille afferra la maglietta di Dante e la stringe nel pugno, tirando a sé il piccolo calciatore con uno strattone: – Cosa vorresti fare, pulce?

Dante, in punta di piedi, deglutisce ancora, spaventato, senza rispondere.

Poi, all'improvviso, Achille molla la maglietta del numero 10, volta lo sguardo e domanda: – Tu sei Tommi, vero?

Il capitano è spuntato a sorpresa. Spillo e Dante sono molto contenti di vederlo e si augurano che faccia come fa sempre in campo: che li tolga dai guai.

Achille sta per tirare fuori una mano dal giubbotto.

Il capitano, d'istinto, fa un mezzo passo indietro. Pensava che stesse per spuntare un martelletto, invece dalla tasca esce un pugno con il pollice sollevato.

– "Cipo-ok" Tommi – dice Achille.

Il numero 9, sorpreso, scambia il saluto con il bullo e domanda: – Conosci le Cipolline?

– Ho seguito le vostre partite all'oratorio – risponde Achille. – Siete mitici! Non tutti, però. Le bambine, per esempio, io non le farei mai giocare. Il vostro portiere poi è troppo grasso e la pulce con gli occhiali troppo magra.

Dante fa una smorfia. Spillo sta per rispondere a modo suo, ma ripensando alle unghie di Lino, preferisce tenere le mani in tasca e si morde la lingua.

– Tu sei il migliore, Tommi, mi piacciono le tue finte – continua Achille. – Sei l'unico del quartiere che gioca bene quasi come me. Ma stavolta la finale dovete vincerla! Quei brocchi dell'Accademia dobbiamo schiacciarli così!

Achille tira fuori il martelletto dalla tasca del giubbotto e si dà un colpo secco sul palmo della mano.

Spillo stringe i pugni nelle tasche dei pantaloni. Dante manda giù ancora un po' di saliva.

Tommi fa un bel respiro, poi spiega: – È per questo che siamo venuti a cercarti. Mancano cinque giorni alla finale e il nostro allenatore vorrebbe fare una partitella domani pomeriggio per collaudare gli schemi. La prova generale, insomma. Cerchiamo dei ragazzi che vogliano giocare contro di noi. Ti va?

– In campo con le Cipolline? – chiede Achille, cercando di non farsi vedere troppo contento. – Se non ho niente di meglio da fare, magari vengo. Ci vediamo.

Dopodiché entra nella sala giochi.

Le Cipolline si guardano tirando un sospiro di sollievo.

– Sei arrivato appena in tempo, capitano... – mormora Dante, sistemandosi il collo della maglietta tutto stropicciato.

Lucia si è vestita molto elegante. Oggi è il suo compleanno.

Anche Tommi, che d'estate indosserebbe solo magliette colorate, ha tirato fuori dal cassetto una camicia bianca a maniche corte e si è passato un po' di gel tra i capelli, come fa per le grandi occasioni. Stasera Donato porta la famiglia al ristorante, ma non al *Petali in pentola*. Una cena a sorpresa.

Scesi in strada, Lucia allunga una mano col palmo rivolto verso l'alto. Il marito, preoccupato, le chiede: – Non vorrai mica guidare?

– Certo – risponde la mamma di Tommi. – Oggi è la mia festa e ogni mio desiderio è un ordine!

– Ma è un'auto nuova! – prova a opporsi Donato. – Tu sei abituata a guidare le biciclette...

– Io, carissimo, guido molto meglio di te. Qua le chiavi! – conclude Lucia.

Il papà del capitano le lascia cadere sul palmo della mano di Lucia, per nulla convinto.

Durante il viaggio, continua a dare suggerimenti all'autista: «Attenta! C'è lo stop!», «L'hai vista quella macchina? Ci sta venendo addosso!», «Rallenta, stai andando troppo forte!», «Frena! È rosso!».

A un certo punto, Lucia perde la pazienza: – Non era rosso, era giallo e con il giallo si può passare! Lasciami guidare in pace, mi stai facendo venire il mal di testa! Così rischiamo davvero di fare un incidente!

Mentre i suoi genitori discutono, Tommi cerca inutilmente di scoprire la destinazione: – Si può sapere dove stiamo andando?

– No. Mi spiace. È una cena a sorpresa – risponde il papà, che suggerisce a Lucia dove svoltare e quali strade imboccare.

Alla fine, con un sospiro di sollievo per l'auto nuova sana e salva, Donato esclama: – Parcheggia, amore, siamo arrivati!

Lucia osserva una specie di tempio orientale decorato con draghi dorati ed esulta: – Un ristorante cinese! Io adoro la cucina cinese!

– Io invece la detesto – le fa eco Tommi.

– Ma se non hai mai mangiato cinese! – ribatte Donato.

– Non ho mai mangiato neanche il fango, – risponde il capitano – ma sono sicuro che è disgustoso!

Mentre entra nel ristorante, Lucia ridacchia divertita.

La sala è molto elegante, arredata con drappi rossi che scendono dal soffitto e una fontana proprio in mezzo alla stanza. La cucina è collegata da un ponticello di legno. Una graziosa cameriera, vestita con una tunica di raso rosso, saluta con un inchino gli ospiti e li guida al loro posto.

Donato si accomoda e prende in mano le bacchette di legno che i cinesi usano come posate: – Ti ho portato qui così cominci ad allenarti e quando andremo a trovare Egle in Cina, farai un figurone con queste bacchette...

– Come lo sai di Egle? – chiede stupito Tommi.

– Ce l'ha detto la signora Sofia – risponde Lucia.

– Davvero mi porti in Cina a trovarla? – domanda il capitano.

– Certo – assicura Donato. – Da piazzale Loreto, svoltiamo a destra al primo semaforo poi, sempre dritti, si arriva a Pechino. Con il mio autobus ci impieghiamo un paio di giorni...

Tommi non può fare a meno di ridere.

Donato mostra le bacchette e chiede: – Sai come fanno i cinesi a mangiare la minestra con le bacchette?

Il capitano dondola la testa. È in arrivo una delle famose battute di papà...

– Semplice – spiega Donato. – Fanno un buco all'interno della bacchetta e la usano come cannuccia!

Il cameriere, che si è avvicinato per lasciare i menu, lo corregge: – Guardi che anche in Cina abbiamo inventato i cucchiai... –. E si allontana, seccato.

Lucia e Tommi scoppiano a ridere. – Complimenti, papà, gran bella figura! – esclama il capitano.

«È impossibile essere tristi con un papà del genere» pensa Tommi. «Anche se la tua ballerina preferita va a vivere sulla Luna.»

Allenamento del giorno dopo.

Achille non si è visto.

– Ero sicuro che quel bullo non sarebbe venuto – commenta Spillo.

– Meglio così, – dice Sara – visto come la pensa sulle ragazze che giocano a calcio...

– E visto come la pensa su di me – aggiunge il portiere. – Quando ha detto che sono troppo grasso, stavo per colpirlo con una mossa di wrestling! Ho faticato a trattenermi.

– Veramente a me è sembrato che ti trattenessi benissimo. Per la paura non hai nemmeno tirato fuori le mani dalle tasche... – ridacchia Dante, che poi però deve scappare in mezzo al campo, perché Spillo si è lanciato al suo inseguimento con la catena di plastica in mano, mentre tutte le Cipolline si godono la scena divertite.

Anche senza Achille, quello di oggi è un allenamento speciale: è tornato in campo Gaston Champignon!

Il cuoco-allenatore si è ormai ripreso dall'operazione e può di nuovo guidare la squadra.

Appena le Cipolline lo hanno visto entrare in oratorio, con la sua elegantissima tuta bianca e il mestolo di legno in pugno, sono corse ad abbracciarlo.

Champignon, con gli occhi lucidi per la commozione, cerca di limitare i festeggiamenti: – Cari amici, non fatemi emozionare troppo. Il mio cuore nuovo è ancora in rodaggio... E poi tra quattro giorni abbiamo la finale. Ci mancano solo due allenamenti. Facciamoli con grande impegno. A cominciare dalla partitella di oggi, che sarà la nostra prova generale. Ma prima, per scaldare i muscoli, giochiamo un po'. Tutti sul campo di pallacanestro!

La squadra che affronterà oggi le Cipolline sarà composta dal Gatto, da Liao, il cinesino amico di Spillo, da Vincenzo e Dudu, che giocavano con Tommi nell'Inter, da Elvira e Regina, due delle Rosa Shocking.

Il settimo doveva essere Achille, che però non si è fatto vedere. Vorrà dire che una delle Cipolline giocherà con loro, in modo da formare due squadre da sette giocatori.

Mentre la formazione allenatrice si scalda sul campetto, Gaston Champignon ha formato due gruppi e spiega il gioco: – Dovrete passarvi la palla senza farla cadere e, ogni cinque palleggi, cercare di fare canestro con i piedi o con la testa. Chiaro?

UNO!
TUMP
JOAO PALLEGGIA LA PALLA CON LA COSCIA...
DUE!
TUMP
E LA PASSA A SARA.
TRE!
POK
CIRO LA STOPPA DI PETTO...
POK
QUATTRO!
POK
E DI SINISTRO LA PASSA A IGOR.
IL GEMELLO OSSERVA DANTE E LO RAGGIUNGE CON UN CROSS PRECISO.
IL NUMERO 10 CON UN COLPO DI TESTA MIRA IL CANESTRO.
THUD
IL PALLONE RIMBALZA SUL TABELLONE DI LEGNO...
THUD
TOCCA L'ANELLO DI FERRO...
MA NON ENTRA!
POK
NOOOOO...

Anche il tentativo di Tommi, di collo destro, dopo i cinque passaggi dei compagni, è preciso ma sfortunato: la palla rimbalza due volte sull'orlo del canestro e salta fuori, rotolando verso l'uscita dell'oratorio.

Achille, che stava entrando, la raccoglie e cammina fino alla lunetta dei tiri liberi.

Palleggia tre volte con i suoi stivali a punta, osserva il tabellone, poi calcia la palla, che vola dentro la retina senza toccare il cerchio di ferro.

– Non è difficile – commenta, mentre le Cipolline lo fissano a bocca aperta.

6
LEGATI PER LE GAMBE

– Accipolla! Al primo colpo... – si complimenta Tommi.

– Come mai non giochi la partitella contro di noi? – chiede Dante.

– Certo che la gioco, sono venuto apposta – risponde Achille.

– E dov'è la borsa con le scarpe e i vestiti per la partita? – domanda ancora il numero 10 guardandosi attorno.

– Non ne ho bisogno – risponde il bullo, togliendosi il giubbotto. – Sono già pronto. Come avete visto, con i miei stivaletti calcio benissimo.

Lara fa un passo avanti ed esclama: – Io non gioco contro uno che usa quegli affari a punta! Non voglio mica spaccarmi le gambe!

– Infatti le bambine non dovrebbero mai giocare a calcio, perché si fanno la bua... – ribatte Achille.

Fa un passo avanti anche Sara, con occhi da tigre. – Testa d'ananas, vorrei farti sapere che queste due bambine hanno vinto la Forchetta d'Oro a Parigi e sono diventate campionesse del mondo! È un onore per te confrontarti con noi!

Le gemelle si guardano e si scambiano un "Cipo-ok" con grande soddisfazione.

A quel punto interviene Gaston Champignon: – Calma, ragazzi. Non è il caso di litigare. Che numero di scarpe porti?

– Il trentanove – risponde Achille, ancora sorpreso dalla reazione delle gemelle. Di solito hanno tutti paura di lui e nessuno osa tenergli testa.

– È il tuo numero, vero Ciro? Riesci a recuperare un paio di scarpe per Achille? – domanda il cuoco-allenatore.

– Ne ho qui un paio da tennis, potrebbe giocare con quelle – risponde il ragazzo napoletano.

– Decido io quali scarpe mettermi ai piedi! – esclama Achille.

– Come vuoi – conclude Champignon. – Se ci ripensi, nello spogliatoio troverai anche calzettoni, calzoncini e maglietta. Con quegli stivaletti non puoi giocare. Noi andiamo a prepararci per la partita.

Achille osserva le Cipolline che si avviano verso il campo, poi si incammina verso l'uscita dell'oratorio. Si ferma pensieroso, si volta, torna indietro e grida: – Ciro!

Il ragazzo lo raggiunge al campetto di basket.

– Fammi provare le tue scarpe... – gli dice Achille.

Ciro lo guida verso lo spogliatoio.

– Nessuno mi ha mai chiamato testa d'ananas – borbotta Achille.

– Beh, in effetti con quei capelli un po' ci assomigli a un ananas... – commenta Ciro.

E anche ad Achille viene da ridere.

La partitella è molto combattuta e utile per le Cipolline, che provano gli schemi per la finale di domenica. Dudu e Achille sono attaccanti fortissimi e impegnano al massimo le gemelle. Per la difesa è un test prezioso. Così come per l'attacco, perché Elvira marca con grande grinta e il Gatto, come sai bene, è un portiere quasi imbattibile.

Gaston Champignon segue le azioni a bordo campo lisciandosi di continuo il baffo destro. È soddisfatto per l'allenamento, ma soprattutto perché Achille corre, combatte e si diverte con i nuovi amici.

Lino osserva la partita nascosto dietro un albero. Nonostante le apparenze, il piccolo giornalista non si fida del martellatore... Tommi ha spiegato a Lino il piano delle Cipolline per neutralizzare Achille, senza però rivelargli di aver confidato a Champignon la storia del ricatto.

La sfida termina in parità: 5-5.

Hanno segnato due volte Tommi, Dante, Joao e Pavel per le Cipolline. Dudu, due volte Saverio, il Gatto su rigore e Achille per la squadra allenatrice.

Al fischio di Augusto, i giocatori si radunano a centrocampo per salutarsi.

Achille stringe la mano alle gemelle: – Devo riconoscere che siete in gamba, anche se siete bambine.

– Ci hai segnato solo su punizione, – risponde Lara – però hai giocato molto meglio di quanto pensassimo...

– La colpa è delle scarpe di Ciro – si giustifica Achille. – Con i miei stivaletti dribblo molto meglio e vi avrei fatto un paio di gol in più.

– Allora la prossima volta ti faremo giocare con gli stivaletti, – sorride Sara – così non avrai più scuse...

Champignon, che ha raggiunto il gruppo al centro del campo, propone: – Ragazzi, prima di finire l'allenamento, proviamo qualche calcio di punizione. Achille però saluta, perché ha un appuntamento.

– Posso tornare? – chiede.

– Dopodomani faremo il nostro ultimo allenamento prima della finalissima – spiega il cuoco-allenatore. – Sarà divertente. Ti aspettiamo.

Achille si allontana e i ragazzi spostano al limite dell'area la barriera delle sagome di legno.

Spillo e il Gatto si alternano tra i pali, mentre le Cipolline e gli altri ragazzi cominciano a calciare in porta.

Tommi e Dante stanno tornando da scuola.

– Due anni quanti secondi durano? – chiede il capitano.

– Accipolla, che domanda strana! – risponde il numero 10. – Ma il calcolo è semplice. Dunque... in un minuto ci sono sessanta secondi... sessanta minuti fanno un'ora... un giorno è composto da ventiquattro ore... che vanno moltiplicate per trecentosessantacinque... e poi per i due anni...

Il cervellone elabora più velocemente di un computer e alla fine esclama: – Sessantatremilioni e settantaduemila secondi!

Tommi guarda l'amico con espressione sorpresa: – Accipolla! Sessantatremilioni... –. Poi si fa pensieroso e chiede ancora: – Quante volte devo attraversare il nostro campetto per percorrere diecimila chilometri?

Dante sbuffa: – Capitano, la lezione di matematica è finita tre ore fa!

– È solo una curiosità – spiega Tommi. – Per farmi un'idea di quanto è distante la Cina.

Il cervellone si rimette in funzione. – Dunque... il campetto è lungo cinquanta metri... Bisogna trasformare i diecimila chilometri in metri e poi dividere per cinquanta...

Tommi ha l'impressione che dentro gli occhiali di Dante siano apparsi dei numeri come sullo schermo delle calcolatrici.

– Duecentomila! – esclama alla fine del calcolo il regista delle Cipolline. – Per raggiungere la tua Egle dovrai correre da porta a porta per duecentomila volte... Ti servirà molto allenamento.

– Già – sorride Tommi. – Chiederò i polmoni in prestito a Rino Gattuso...

Nel pomeriggio, il capitano passa a prendere Egle in bici e la accompagna al corso di danza.

– Perché hai deciso di riprendere le lezioni? – domanda incuriosito il centravanti.

– Perché ho capito che è stupido passare le giornate a pensare alla Cina – risponde la ballerina. – Così rovino anche il tempo che ci resta per stare insieme. Abbiamo una lunga estate davanti! Voglio ballare, cantare, andare al mare e divertirmi il più possibile!

– Hai ragione – approva Tommi con un sorriso.

– E tu devi fare lo stesso – prosegue Egle. – Voglio che ti concentri al massimo sulla finalissima, perché quest'anno dovete vincere. Poi, a fine partita, mi regali la tua maglia numero 9, io la lavo e la userò in Cina come pigiama. Così ogni sera prima di addormentarmi penserò a te e alle Cipolline...

È un'idea che il capitano trova bellissima. Senza accorgersene ha aumentato la pedalata. Merito della gioia che dal cuore gli è scivolata dentro le gambe...

Prima di salutarsi davanti alla scuola di danza, Tommi racconta i calcoli che ha fatto fare Dante.

Egle sorride. – Allora sarà come giocare a nascondino. Io parto. Tu chiudi gli occhi e cominci a contare. Quando arrivi a sessantatremilioni e settantaduemila, li riapri e mi vieni a cercare.

Eccoci all'ultimo allenamento prima della finalissima.

Ormai mancano solo due giorni alla grande sfida con l'Accademia Blu, una rivincita attesa dalle Cipolline per un anno intero.

Tommi e i suoi compagni corrono attorno al campo senza parlare, concentratissimi.

Ognuno sta già riflettendo sulle cose che dovrà fare in partita e sull'avversario che dovrà affrontare: Duccio, Loris, la misteriosa Freccia Nera... In gruppo sta correndo anche Lino, il piccolo giornalista.

Achille sbuca dallo spogliatoio con il giubbotto di jeans sopra la maglietta, i calzoncini bianchi e gli stivaletti a punta. Va a sedersi in panchina, accanto a Gaston Champignon, e lo saluta.

– Ciao Achille – risponde il cuoco-allenatore. – Non ti va di correre un po'?

– No, grazie. Detesto la corsa, è troppo faticosa – risponde il ragazzo dai capelli ad ananas. – A me piace solo divertirmi in partita.

– E hai intenzione di giocare con gli stivaletti? – domanda Champignon.

– Certo. Non me li tolgo quasi mai. Erano di mio

fratello – racconta Achille. – Quando aveva la mia età, li teneva anche per andare a dormire!

– Come vuoi. Io ti avevo portato queste... – mormora il cuoco-allenatore mostrando un paio di scarpe da calcio.

Achille le afferra, strappandole quasi dalle mani di Champignon, e le studia sotto e sopra: – Sono nuove! – esclama. – Numero trentanove, la mia misura... me le regali?

– Certo – risponde Gaston.

Achille si toglie gli stivaletti, si infila le scarpe da calcio, fa un paio di scatti per provarle e commenta soddisfatto: – Mi vanno a pennello! Non ho mai avuto un paio di scarpe da calcio. Davvero non te le devo pagare?

– È un regalo – spiega Champignon – e i regali non si pagano. Ti chiedo solo un piccolo aiuto, se vorrai farlo.

Achille torna a sedersi sulla panchina.

– Lo vedi quel ragazzo che sta correndo accanto a Spillo? – domanda Monsieur Champignon.

– Lino – risponde Achille. – Viene nella mia scuola.

– Da un po' di tempo lo vedo preoccupato, strano... Credo che abbia dei problemi con qualche compagno di scuola – continua il cuoco-allenatore. – Ho provato a parlargli, ma lui dice che non è una spia.

– Ha fatto bene – commenta Achille.

– Beh, penso che in questi casi gli amici siano un grande aiuto – prosegue Champignon. – L'ho già detto alle Cipolline, ma se anche tu gli dai una mano e magari a scuola se lo vedi in difficoltà lo aiuti, sono sicuro che tornerà tranquillo come prima e che nessuno gli farà del male.

Achille guarda Gaston Champignon e promette: – Ci penso io, mister.

– Ci posso contare? – insiste l'allenatore.

– Nessuno romperà più le scatole a Lino – dichiara Achille scambiando un "Cipo-ok" con Champignon, che sorride lisciandosi il baffo destro.

– E ora andiamo a divertirci – conclude il cuoco-allenatore.

Il primo esercizio è divertente per davvero.

I ragazzi si dividono in due squadre e cominciano a contendersi la palla. La particolarità della partita è la porta: una zucca dentro un pentolone legato alla bicicletta di Augusto, che pedala attorno al campo. Chi colpisce il bersaglio in movimento fa gol. L'esercizio è utile per allenare i riflessi degli attaccanti, che così si abituano a calciare tenendo un occhio sul pallone e l'altro sull'obiettivo da colpire.

Champignon ha messo Lino e Achille in squadra assieme. Il piccolo giornalista, però, non è tranquillo e cerca sempre di trovarsi lontano da testa d'ananas.

La partitella è divertente e combattutissima. Riescono a colpire la pentola Tommi, Igor, Lara e Ciro.

Sul 2-2, Champignon annuncia: – Chi segna vince!

I ragazzi si impegnano per fare il gol decisivo.

Lino, spaventatissimo, continua a ripetere: – Scusa, scusa, scusa...

Gaston Champignon decide: – La partita è finita in parità! Cambiamo esercizio.

Il nuovo gioco è ancora più strano e divertente.

Il cuoco-allenatore piazza due porticine all'interno di un rettangolo lungo circa cinque metri e spiega: – Sarà un mini-torneo due contro due. Con una particolarità: ogni coppia avrà tre gambe!

I ragazzi si guardano incuriositi.

Champignon prosegue: – Io e Augusto passeremo a legarvi con lo spago: la gamba destra di uno con la gamba sinistra dell'altro. Se non coordinerete bene i movimenti, non sarà facile correre. Questo esercizio serve appunto a controllare i vostri passi, ma anche quelli dei vostri compagni. Dovrete ragionare come se foste un unico corpo. Non diciamo sempre che siamo un fiore solo? Il torneo vi allenerà in questo: a non essere troppo egoisti! Ora formo le coppie. Sara con Dante, Tommi con Igor, Lara con Becan...

Appena sente «Lino con Achille», il piccolo giornalista diventa pallido e gli viene una gran voglia di scappare.

Ma non fa in tempo perché si avvicina subito Augusto con lo spago.

– Io sono destro, tu? – chiede Achille.

– Io mancino – risponde Lino con un filo di voce.

– Bene – commenta Achille. – Allora leghiamo la tua gamba destra alla mia sinistra, così potremo calciare la palla con il nostro piede migliore. Impegnati, perché io voglio vincerlo questo torneo!

– Farò del mio meglio… – promette il giornalista.

Forse le Cipolline hanno fatto in modo che Lino e Achille vincessero, o forse la strana coppia è stata davvero la più brava. Comunque in finale ci arrivano proprio loro.

Insieme Achille e Lino hanno eliminato tre coppie molto agguerrite: Sara e Dante, Ciro e Pavel e, in semifinale, Spillo e Joao, che finiscono la partitella sdraiati a terra come due tappeti. Il portiere ha dato uno strattone un po' troppo robusto al piccolo brasiliano...

– Mitico! – esclama Achille, che festeggia il compagno con un "Cipo-ok".

Lino esulta e sorride soddisfatto: è la prima volta che allunga la mano verso Achille e la ritira senza dolore alle unghie...

7
ANDIAMO A VINCERE, CIPOLLINE!

Il grande giorno è arrivato.

Le Cipolline, che stanno per salire a bordo della Cipo-line, salutano gli amici dell'oratorio e ricevono un sacco di "in bocca al lupo" per la finalissima che giocheranno tra poche ore.

– Tornate vincitori, ragazzi! – si raccomanda don Callisto. – Sono sicuro che questa volta ce la farete.

Ciro, che come tutti i napoletani è molto scaramantico, tocca immediatamente il cornetto rosso che porta appeso al collo.

Tommi è il primo a mettere il piede sul predellino dell'autobus, ma Gaston Champignon lo ferma: – Un momento, ragazzi. Seguitemi nello spogliatoio.

Le Cipolline si guardano meravigliate.

– Ma non giochiamo in casa! – esclama Dante.

– Lo so, – risponde il cuoco-allenatore – seguitemi lo stesso.

Aperta la porta dello spogliatoio, i ragazzi spalancano gli occhi per la sorpresa: a ogni attaccapanni è appesa una tuta nuova, identica a quella che si è fatto fare Gaston Champignon: bianca, di raso, con una cipollina bianca sul petto, i bottoni d'oro e il nome stampato sulla schiena.

– State giocando alle belle statuine? – chiede il cuoco-allenatore. – Cosa aspettate? Indossatele! A una finalissima ci si presenta sempre eleganti. Dopo la finale, ci scatteranno un sacco di foto con la coppa in mano. Faremo un figurone!

Ciro si tocca nuovamente il cornetto rosso...

– Sono bellissime, mister! – esclama Sara, guardandosi allo specchio. – Grazie...

– Come sto? – chiede Igor.

– Come un principe – risponde Spillo. – Se ti vede Elvira, ti sposa!

– No, sposa me! – ribatte Pavel.

Augusto osserva i ragazzi entusiasti delle nuove tute e, rivolgendosi a Mon-

SARA

sieur Champignon, commenta: – La sorpresa li aiuterà a sciogliere la tensione per la partita con l'Accademia Blu.

– Non ti sfugge niente, caro amico... – risponde l'allenatore, lisciandosi il baffo destro. – Avevo deciso di distribuirle ieri, ma poi ho pensato che sarebbe stato meglio farlo ora proprio per distrarre i ragazzi dalla finale. E ho immaginato che avessi bisogno di distrarti anche tu, caro Augusto...

Così dicendo, Gaston Champignon gli consegna un berretto da autista, bianco con la visiera gialla e lo stemma di una piccola cipolla.

– Accipolla! – esclama Augusto, togliendosi il suo cappello nero e infilandosi quello nuovo davanti allo specchio. – È stupendo! Con questo potrei guidare anche la carrozza della regina d'Inghilterra!

Una lunga fila di auto si accoda alla Cipo-line, che lascia l'oratorio Giovanni XXIII diretta verso il centro di Milano. Dai finestrini spuntano le bandiere delle Cipolline e dall'auto della signora Sofia spunta lo scheletro Aiuto, che sembra sorridere divertito al vento che gli sbatte sul teschio.

Il pensiero delle tute nuove ha lasciato il posto a

quello della finalissima. Sulla Cipo-line non vola una mosca. Nessuno ha voglia di scherzare, ognuno sta ripetendo dentro di sé le cose che dovrà fare in campo e gli errori da evitare per battere l'Accademia Blu.

Solo Dante, che si è portato dietro un libro, ha voglia di chiacchierare e racconta a Spillo: – Lo sapevi che un tempo nell'Arena di Milano organizzavano battaglie di navi? La riempivano d'acqua e diventava come una piscina. L'Arena è stata costruita da Napoleone.

Spillo si toglie il cappellino e lo schiaccia sulla bocca del numero 10.

– Taci, cervellone, devo concentrarmi! – esclama il portiere. – Sei incorreggibile: riusciresti a studiare anche cinque minuti prima della finale della Champions League!

E poi il nome di Napoleone ha trasmesso immediatamente a Spillo uno strano nervosismo. Ti ricordi la vacanza a Parigi, quella della Forchetta d'Oro? Le Cipolline trovarono un libro misterioso che parlava di Napoleone e che creò alla squadra non pochi problemi.

Giocare la finalissima nello stadio costruito da quel tipo non tranquillizza affatto il nostro portiere...

L'Accademia Blu è arrivata per prima al campo. I ragazzi si stanno dirigendo verso gli spogliatoi quando incrociano le Cipolline, che sono appena scese dalla Cipo-line.

Duccio si piazza davanti a Tommi con tutta la sua montagna di muscoli e, infilandosi un dito nel naso, sghignazza: – Non vedo l'ora di pulirmi le mani nella tua maglietta... Oggi ti pentirai di non essere rimasto all'Inter!

La cosa strana è che Loris non partecipa al battibecco, anzi, prende per un braccio Duccio e lo trascina via: – Risparmia il fiato per correre! Andiamo a cambiarci.

Il padre del centravanti, invece, l'allenatore dell'Accademia Blu, è sempre il solito: appena vede Gaston, gli va incontro e gli stringe la mano con un sorriso falso come i soldi del Monopoli: – Che piacere vederti, Champignon! Non me lo aspettavo proprio. So che hai avuto qualche problema di salute e pensavo che saresti rimasto a casa: le brutte delusioni fanno male al cuore e oggi di sicuro te ne daremo un'altra...

– Non preoccuparti, Walter – risponde tranquillo il cuoco-allenatore. – Se i miei ragazzi si divertono, io sono sempre felice. Anche se perdono contro avversari scorretti, come è successo un anno fa...

Il padre di Loris vorrebbe ribattere, ma Champignon non gliene dà il tempo, perché si avvia verso lo spogliatoio con il mestolo di legno in una mano e nell'altra la pentola del gatto Pentola. Che, naturalmente, sta dormendo.

Il campo da calcio dell'Arena di Milano è a undici giocatori, perciò gli organizzatori della finalissima hanno usato due porte spostabili e segnato nuove linee col gesso per restringere il rettangolo e renderlo adatto a una partita tra squadre di sette giocatori.

I tifosi delle due finaliste riempiono di suoni e di colori la parte centrale della tribuna.

Carlos, il papà di Joao, e i suoi parenti brasiliani hanno già disposto la fila dei tamburi. Donato, il papà di Tommi, impugna i piatti che suona di solito nella banda dei tranvieri.

Gli Accademia Fans, tutti con la sciarpa dell'Accademia Blu legata alla fronte, suonano trombette assordanti e lanciano stelle filanti sulla pista d'atletica che circonda il prato verde.

Nel gruppo dei tifosi delle Cipolline siedono anche le Rosa Shocking, il Gatto e gli ex compagni di squadra di Tommi: i ragazzi dell'Inter accompagnati dal loro allenatore Giuliano. Dudu, Saverio, Ivan, Carmine... non manca nessuno.

Seduti a un tavolino della tribuna stampa, dove di solito si accomodano i giornalisti veri, si sono piazzati Lino e Achille.

Il piccolo giornalista ha consegnato un blocchetto e una penna al nuovo amico e gli sta spiegando che cosa deve fare: – Tu dovrai occuparti delle pagelle.

– E come si fa? – chiede Achille con una smorfia, grattandosi i capelli ad ananas con la penna.

– È semplice – spiega Lino. – Ora prendi appunti su ciò che accade in partita, poi dovrai dare un voto e un giudizio di dieci righe per ciascun giocatore in campo. Per esempio: *Spillo 6. Ha salvato tre volte il risultato, ma sul quarto gol ha sbagliato a cercare la presa invece di respingere di pugno...* Capito?

– Credo di sì – risponde Achille. – E tu cosa scrivi?

– Io prendo le statistiche della partita: il numero di tiri in porta, dei calci d'angolo, e scrivo la cronaca, cioè il racconto delle azioni più importanti del match. Ci dividiamo il lavoro. A fine partita, scendiamo tutti e due negli spogliatoi per le interviste ai giocatori. Il *GiornaLino* tornerà in bacheca con un numero speciale sulla finalissima! All'oratorio lo leggeranno tutti!

– E ci sarà anche la mia firma? – chiede Achille. – Le mie parole saranno stampate come su un giornale vero?

– Certo! – conferma Lino. – Ci sarà la scritta ben visibile in maiuscolo: *PAGELLE A CURA DI ACHILLE.* Sai perché ti lascio fare le pagelle? – chiede il giornalista con un sorriso furbo. – Perché spesso i calciatori si lamentano per i voti bassi. Ma ho l'impressione che se le pagelle le firmi tu, si lamenteranno un po' meno...

– Puoi giurarci! – esclama Achille.

Mancano pochi minuti al fischio d'inizio.

Dante ha convinto Tommi a tenersi la fascia di capitano, che aveva portato già nella sfida decisiva contro i Diavoli Rossi. Il numero 10 l'ha tenuta per tutta la stagione, ma in finale è giusto che sia il numero 9 a guidare la squadra. Perché è stata la prima Cipollina scelta e perché ha rinunciato all'Inter pur di aiutare gli amici in difficoltà.

Le Cipolline, sedute nello spogliatoio, stanno per ascoltare le ultime raccomandazioni dell'allenatore. Sono convinte di sapere ciò che sta per dire Gaston Champignon. Ma stavolta si sbagliano...

– Care Cipolline, noi non siamo petali, ma un fiore solo, e giochiamo per rincorrere i tre punti che contano di più. Punto primo: la salute. Punto secondo: l'amicizia. Punto terzo: il divertimento. E lo facciamo rispettando sempre gli avversari e le regole – spiega il cuoco-allenatore tutto d'un fiato.

Poi riprende: – Queste cose ormai le sapete a memoria. Perciò ve ne dico una nuova: io oggi voglio vincere! Voglio che le mie Cipolline conquistino la coppa che si meritano! Voglio che Walter alla fine ci stringa la mano e ammetta che siamo stati più bravi di loro! Ve lo confesso, amici miei: il mio vecchio cuore mi ha fatto prendere un bello spavento. Ho avuto paura di finire a fare compagnia al nostro amico Aiuto... Ma all'ospedale continuavo a ripetermi: «Devo guarire e tornare in panchina per guidare le Cipolline alla vittoria che si meritano». E questo pensiero mi ha legato alla vita come la partita a scacchi di Dante. Vi ho sempre detto che chi si diverte non perde mai. È il nostro motto e lo sarà sempre. Ma è anche vero che chi vince si diverte il doppio! E allora andiamo in campo per vincere, Cipolline! Alla nostra maniera, senza trucchi, senza colpi bassi... ma questa coppa ce la meritiamo e ora andiamo a prendercela!

Così dicendo, Gaston Champignon tira un gran colpo col mestolo di legno sulla pentola. Il gatto si sveglia di colpo, rovescia il coperchio e scappa fuori dallo spogliatoio miagolando.

Ridendo, le Cipolline scambiano "Cipo-ok" con il loro allenatore e raggiungono il campo di corsa.

Si schierano in questa formazione: Spillo in porta; Sara e Ciro in difesa; Becan, Dante e Igor a centrocampo; Tommi in attacco. Schema 2-3-1, con Becan e Igor che dovranno scattare e affiancare Tommi quando le Cipolline attaccano.

L'Accademia Blu risponde con Beppe tra i pali; il potente Duccio, numero 5, e il velocissimo Chicco, numero 2, in difesa; Ale, il numero 10, sta davanti alla difesa insieme a Damiano, il nuovo, altissimo, numero 8; Loris, numero 9, e il veloce Farfan, numero 7, giocheranno in attacco.

Schema 2-2-2, con Loris e Farfan che arretreranno sulle fasce quando l'Accademia dovrà difendersi.

Sarà stato il discorso di Champignon, ma le Cipolline cominciano la partita alla grande, senza paura.

Attaccano e conquistano due calci d'angolo, che gli alti centrocampisti avversari respingono di testa.

– Tenete la palla a terra! – urla il cuoco-allenatore.

Ha ragione, gli avversari sono più potenti, ma possono soffrire i dribbling e gli scatti secchi soprattutto a inizio partita, perché i giocatori muscolosi impiegano più tempo a scaldarsi e a entrare in partita.

Dante invece è già caldissimo…

I tamburi di Carlos e i piatti di Donato esplodono di gioia.

Egle e la signora Sofia fanno danzare lo scheletro Aiuto, i ragazzi dell'Inter esultano come se Ibrahimovic avesse segnato un gol al Milan nel derby di San Siro...

– Che finta da campione! – esclama Achille, mentre scrive sul blocco. – Io a Tommi gli do 9!

– Aspetta, la partita è appena cominciata... – lo frena Lino.

8 SARA E LA FRECCIA NERA

Walter, che stava bevendo un sorso d'acqua, sputa fuori tutto e getta a terra la bottiglietta di plastica con rabbia.

– Duccio! – urla l'allenatore dell'Accademia. – Cosa ti avevo detto? Sei un pollo!!!

Gaston Champignon, dalla panchina accanto, gli suggerisce: – Non arrabbiarti, Walter, potrebbe venirti male al cuore...

Cosa avrà detto Walter a Duccio prima della partita, che Duccio non ha fatto?

A giudicare da ciò che si vede in campo, non ci sono dubbi: di attaccarsi a Tommi e di non mollarlo un attimo. L'allenatore dell'Accademia Blu sa benissimo che Tommi è il giocatore più pericoloso, perciò ha pensato di neutralizzarlo appiccicandogli Duccio, il marcatore più roccioso.

E infatti, dopo la bella finta che ha procurato il

gol del vantaggio, il difensore si fa ancora più spietato e Tommi esce lentamente dal gioco. Duccio, con le buone e con le cattive, gli è sempre addosso: o lo anticipa, o lo sgambetta.

Oltretutto, come forse ricorderai, Duccio ha un vizio abbastanza disgustoso... Si mette le dita nel naso e se le pulisce nella maglia dell'avversario. E la cosa innervosisce Tommi ancora di più.

Ma i problemi per le Cipolline non finiscono qui. A centrocampo la situazione è critica. Ale e Damiano si sono ripresi dopo le difficoltà iniziali, come due grosse locomotive che sono partite lentamente ma che ora volano sui binari.

Gaston Champignon se lo aspettava. Già nella finale di un anno fa, il numero 10 dell'Accademia aveva messo in difficoltà Dante, che è più basso e più gracile. E stavolta i giganti di centrocampo sono due: c'è anche Damiano, il numero 8.

Quando salta in mezzo a quei due lampioni, Dante si sente come Pinocchio tra i due carabinieri...

Anche per questo Gaston Champignon ha preferito lasciare Lara in panchina e schierare Ciro-ciraffa, il più alto, per contrastare i due giganti quando avanzano. Ma non basta, l'Accademia sta attaccando con grinta sempre maggiore e le Cipolline fanno fatica a uscire dalla loro area.

Spillo si è già esibito in due grandi parate e si è preso un grande spavento sul colpo di testa di Damiano: la palla è finita contro il palo; Sara, nel tentativo di rinviarla lontano, l'ha svirgolata. Il pallone ha sbattuto sotto la traversa, è rimbalzato sulla linea di porta e alla fine il portiere è riuscito a bloccarlo in tuffo.

– Bravo, Spillo! – si complimenta Dante.

Il numero 1 si rialza con un sospirone: – La nostra difesa fa più acqua delle barche che portava qui dentro Napoleone...

Gaston Champignon si liscia il baffo sinistro. Capisce che deve fare qualcosa. Perciò, in una pausa di gioco, chiama il capitano vicino alla panchina.

– Tommi, di' a Becan e a Igor di stare più vicini a Dante. Devono formare una specie di barriera – spiega il cuoco-allenatore. – Solo così possiamo fermarli a centrocampo.

– Ok, mister – risponde il centravanti. – Ma questo bisonte mi sta sempre addosso! Come faccio a giocare? Mi ha seguito anche qui in panchina!

Duccio infatti se ne sta mezzo metro più indietro,

con le braccia conserte, in attesa che Tommi finisca di parlare col suo allenatore.

– Se volevi stare in campo da solo, dovevi giocare a tennis – commenta il difensore dell'Accademia Blu. – Io ti seguirò anche nello spogliatoio quando andrai a bere il tè. Il regolamento me lo permette.

– Ma non ti permette di appiccicarmi addosso le schifezze che ti togli dal naso! – ribatte Tommi.

Duccio ridacchia e si infila mezzo indice nella narice.

L'arbitro fischia la ripresa del gioco. Tommi scatta in attacco per raggiungere il pallone e per scappare dalle dita sporche di Duccio...

Augusto si alza e si incammina verso la tribuna.

La piccola diga formata a centrocampo da Becan, Dante e Igor frena un po' le incursioni dei centrocampisti blu ma, risolto un problema, se ne presenta subito un altro.

Per stringersi accanto a Dante, infatti, Becan e Igor hanno dovuto abbandonare le fasce laterali e ora Farfan, la Freccia Nera, ha molto più spazio per le sue discese travolgenti. Sara, come ha imparato in allenamento, cerca di marcarlo spingendolo verso la bandierina, lontano dalla porta di Spillo, ma quando la Freccia Nera butta avanti la palla per poi rincorrerla è impossibile stargli dietro.

Achille, in tribuna stampa, scatta in piedi: – Ma cosa combina Spillo? Io gli do un bel 4 in pagella!

– Ma è stato sfortunato, non poteva farci niente... – commenta Lino al suo fianco. – E poi ricorda che Spillo ha già fatto almeno tre interventi miracolosi.

In quel momento il portiere vede Loris che gli viene incontro e, rassegnato, si prepara alle solite prese in giro. È stato proprio un gol da ridere, un mezzo autogol... Invece stranamente il capitano dell'Accademia Blu raccoglie la palla in rete senza dire una parola e la riporta di corsa verso la metà campo.

La squadra di Walter vuole approfittare delle difficoltà delle Cipolline per portarsi subito in vantaggio.

Tommi, sconsolato, allarga le braccia e guarda verso la sua panchina. Non sa cosa fare: Duccio non lo molla un attimo e i compagni di squadra, assediati nella loro area, non riescono a fargli arrivare un pallone.

– Non stare fermo! Muoviti lo stesso! – gli urla Gaston Champignon.

Così il centravanti, mentre gli amici combattono in difesa, continua a correre in orizzontale, da destra a sinistra. A un certo punto Duccio si stanca di seguirlo e, vedendo che tanto la palla è lontana, si ferma a riposare con le mani sui fianchi.

Walter, però, spaventato dalla bravura del capitano delle Cipolline, urla subito: – Duccio, cosa ti ho detto? Devi stargli attaccato come un francobollo! Muoviti!

Sbuffando come una caffettiera, il grosso difensore riprende a rincorrere il numero 9.

Il padre di Dante, professore di matematica, li indica dalla tribuna sorridendo: – Guardateli, sembrano due tergicristalli!

In effetti, il loro movimento su e giù, in orizzontale, lontano dalla palla, è piuttosto buffo.

Sorride anche Gaston Champignon, lisciandosi il baffo destro per la soddisfazione: sa benissimo che Tommi, ben allenato e più leggero, sopporta meglio la fatica, mentre Duccio, grande e grosso, abituato a starsene fermo in difesa, si stancherà prima e nel secondo tempo pagherà questo gran correre.

Ma il cuoco-allenatore, in tutta fretta, sposta le dita dal baffo destro al baffo sinistro: l'assedio dell'Accademia Blu continua e sulla porta di Spillo piovono pericoli a catinelle...

FARFAN SCATTA ANCORA UNA VOLTA A DESTRA.
IGOR SI AVVICINA A SARA PER AIUTARLA A FERMARLO.
MA LA FRECCIA NERA, INVECE DI RALLENTARE, ACCELERA.
LANCIA LA PALLA IN MEZZO ALLE DUE CIPOLLINE...
E CORRE A RIPRENDERLA DALL'ALTRA PARTE.
UN BOATO DI STUPORE E DI AMMIRAZIONE SI SOLLEVA DALLA TRIBUNA. OOOHH...
THUD
L'ALA DESTRA CROSSA.
CIRO DECIDE DI MARCARE LORIS CHE È PIÙ VICINO ALLA PORTA.
TUMP
ALE SALTA E DI TESTA SERVE IL SUO CENTRAVANTI.
LORIS STOPPA CON LA COSCIA...
E CON UNA PERFETTA MEZZA ROVESCIATA...
SPEDISCE LA PALLA IN PORTA: 2-1!

Un gol bellissimo che ha incendiato l'entusiasmo degli Accademia Fans. Esplodono le trombette. Lo scheletro Aiuto vorrebbe alzare le ossa delle braccia per tapparsi le orecchie...

Si alza in piedi ad applaudire anche Gaston Champignon: – Non potevamo farci nulla. È stata un'azione davvero magnifica.

Walter lo guarda perplesso. Non può capire, perché non sa neppure che cosa sia la sportività.

– Oggi Loris è davvero scatenato – commenta Joao in panchina.

– Già – dice Lara. – Quando giocava con noi non ha mai segnato una doppietta del genere.

– La cosa strana è che non ha ancora commesso una scorrettezza e non ci ha ancora preso in giro... – osserva Pavel.

Lino annota sul taccuino l'azione del terzo gol e commenta: – Loris è spietato come Pippo Inzaghi.

– Mi sa che dovrò dargli un bell'8 in pagella – concorda Achille.

Il capitano e Dante riportano la palla a centrocampo per riprendere il gioco.

– Ho toccato solo due palloni! – si lamenta Tommi.

– Mi spiace, capitano – si giustifica il numero 10. – Ma non riusciamo proprio a salire in attacco. Ci schiacciano in area!

– Speriamo solo che a forza di correre si stanchino e che nel secondo tempo ci lascino giocare un po' di più – si augura Tommi.

– L'ho pensato anch'io... Invece di cercare subito la porta per pareggiare, – propone Dante – forse dovremmo cercare di tenere la palla e di passarcela tra noi per costringerli a muoversi e a faticare. Poi ci giocheremo il tutto per tutto nel secondo tempo.

Così fanno le Cipolline nell'ultima parte del primo tempo. Si preoccupano soprattutto di mantenere il possesso del pallone.

L'Accademia Blu, soddisfatta del vantaggio, ha rallentato il ritmo e la partita si è fatta più equilibrata. La palla circola prevalentemente a centrocampo e Spillo può finalmente fiatare.

Sembra che tutti stiano aspettando solamente il fischio dell'arbitro, ma all'improvviso Sara scatta velocissima in attacco, da sola, mentre la palla è nelle braccia del portiere dell'Accademia, che ha appena parato un tiro debole di Becan da fuori area.

– Dove va? – chiede Ciro, sorpreso.

– Boh... – risponde Spillo, sollevando le spalle. – Forse le scappa un bisognino...

No, Sara non deve andare in bagno d'urgenza.

Si è accorta che Farfan è arretrato per farsi dare la palla dal suo portiere e vuole fargli uno scherzetto: saltargli davanti, come faceva in allenamento con le sagome di cartone per allenare l'anticipo.

Beppe si accorge tardi del pericolo, quando ormai ha lanciato la palla.

– Attento! – urla il portiere alla Freccia Nera, che si volta per controllare che cosa sta succedendo.

Prima che riesca a capirlo, Sara gli ha già portato via il pallone, è entrata in area e ha infilato Beppe, che ha tentato l'uscita disperata: 2-2!

– *Superbe!* – esclama Gaston Champignon, mentre Walter riprende la bottiglietta di plastica e la scaglia a terra un'altra volta, urlando: – Polli! Polli! Siete tutti polli! Ma non quelli svegli, siete dei polli che dormono!

Lucrezia, la mamma delle gemelle, abbraccia Lucia. Donato sbatte i suoi piatti uno contro l'altro e al papà di Dante, che sta proprio davanti a lui, vibrano gli occhiali per dieci minuti...

– L'avevo capito subito che quella bambina ha del fegato! In fondo mi ha chiamato testa d'ananas! – commenta Achille, prendendo appunti. – Le darò senz'altro un bel voto, anche se Farfan l'ha messa spesso in difficoltà.

L'arbitro fischia la fine del primo tempo: 2-2. In tribuna, tutti applaudono.

È una partita davvero emozionante. E nella ripresa lo sarà ancora di più.

9
UN'ALTRA VOLTA NO!

Nello spogliatoio, mentre Gaston Champignon distribuisce il tè e l'acqua minerale, le Cipolline ricoprono di complimenti Sara, che si è costruita da sola un pareggio quasi insperato.

– Dovevo fare qualcosa per farmi perdonare... – spiega la gemella. – Quel Farfan mi ha dribblata come un birillo per tutto il primo tempo!

Il cuoco-allenatore chiede silenzio per poter dare alcuni suggerimenti: – Cipolline, stiamo giocando una buona finale. Loro sono molto più forti dell'anno scorso. Ci hanno messo in grande difficoltà. Se in tutta la stagione non hanno perso una sola partita, ci sarà pure una ragione... Ma se ci crediamo fino in fondo, giocando da amici che si aiutano uno con l'altro, e se avremo un po' di fortuna, oggi l'Accademia Blu tornerà a ricordarsi che cosa si prova a perdere un incontro!

Le Cipolline si guardano speranzose.

– Nel secondo tempo cambiamo qualcosa – prosegue Champignon. – Becan si ferma. Lara entra in difesa e Ciro si sposta a centrocampo per contrastare Ale e Damiano sulle palle alte. Joao prende il posto di Igor, mentre Pavel aspetterà ancora qualche minuto in panchina. Vedremo come si metterà la partita e decideremo in che modo intervenire.

Il cuoco-allenatore punta il mestolo di legno verso Ciro e gli spiega: – Non dovrai solo contrastare i loro giganti. Quando la palla ce l'avremo noi, dovrai aiutare Tommi a liberarsi per il tiro. Ti ricordi ancora i movimenti che facevi quando giocavi a basket?

– Certo, – risponde Ciro – ma lì potevo toccare il pallone con le mani…

– Qui non puoi – riprende Champignon. – Ma alcune cose che hai imparato a pallacanestro oggi potrebbero servirci. Lo chiameremo "schema Ciro". Quando Dante avanzerà palla al piede e si batterà la mano sulla testa tre volte, come se stesse palleggiando un pallone da basket, metteremo in atto lo "schema Ciro". Ora ve lo spiego…

Quindi disegna sulla lavagnetta i movimenti che dovranno eseguire per liberare al tiro Tommi.

Poi chiede alle Cipolline di abbracciarsi, come dopo un gol.

– Sì, così, come un fiore che si chiude – li esorta Monsieur Champignon. – Più stretti, come se foste in un ascensore troppo piccolo... un abbraccio forte!

Mentre le Cipolline eseguono ridacchiando, l'allenatore dice ancora: – Questo lo chiameremo "schema fiore". Quando Dante solleverà il pugno a "Cipo-ok", attueremo questo schema. Ora ve lo spiego...

Dopo aver disegnato sulla lavagnetta i movimenti della nuova strategia, Gaston Champignon conclude con un'ultima raccomandazione: – Quando solleverai la coppa, Tommi, ricordati di baciarla. Alle ragazze piacciono molto i capitani che baciano la coppa...

Le Cipolline escono dallo spogliatoio ridendo, Ciro si tocca il cornetto rosso.

Il più serio è proprio Tommi che, incamminandosi verso il campo, chiede al suo allenatore: – Ma lei è così sicuro che vinceremo? A me l'Accademia Blu sembra molto più forte di noi. L'anno scorso no, ma quest'anno stanno meritando la coppa...

– Forse hai ragione – risponde Champignon. – Però considera questo: loro hanno dato già il massimo, noi no, perché il nostro giocatore migliore, il numero 9, deve ancora scatenarsi. Eppure siamo in parità. Significa che ora tu ci farai vincere, Tommi...

– Ma come faccio a scatenarmi se quel bisonte mi sta sempre addosso e mi minaccia con le dita sporche? – sbotta il capitano.

– Non preoccuparti – risponde tranquillo l'allenatore. – Duccio presto avrà la lingua fuori per il gran correre. Quanto alle dita nel naso, ci ha pensato Augusto... Non succederà più.

Prima della ripresa della partita, l'autista della Cipo-line, con in mano la videocamera che si è fatto prestare da Lucia, si avvicina all'arbitro che sta per entrare in campo.

– Signor arbitro, mi perdoni se la disturbo – dice, in tono gentile, Augusto – ma ci terrei a mostrarle qualche scena del primo tempo...

L'autista preme il tasto *play* e sul piccolo schermo della videocamera l'arbitro riconosce il numero 5 dell'Accademia Blu che si infila un dito nel naso e poi cerca di pulirsi nella maglietta del numero 9 delle Cipolline. – Che maleducato! – esclama l'arbitro, sorpreso. – Non mi ero accorto di nulla.

Dopodiché chiama vicino a sé Duccio e gli mostra il cartellino giallo: – Ammonito! E se ti rivedo con un dito nel naso, ti caccio fuori: siamo intesi?

Dante e Tommi sorridono soddisfatti.

Il capitano ora giocherà molto più rilassato.

Nei primi minuti della ripresa, l'Accademia cerca subito il gol del 3-2 che toglierebbe entusiasmo agli avversari. Ma, grazie al nuovo assetto, le Cipolline sono più organizzate rispetto al primo tempo.

Ciro, avanzato a centrocampo, può contrastare più facilmente Damiano e Ale sui rilanci dei portieri. Sara e Lara, a turno, restano appiccicate a Farfan e giocano sempre d'anticipo. Con il passare del tempo, poi, la stanchezza rende pesanti le gambe dei ragazzi di Walter ed emerge la tecnica delle Cipolline. Joao, entrato fresco sulla fascia sinistra, sta facendo diventare matto Chicco, il numero 2.

La partita è sempre più equilibrata ed emozionante.

Sul rinvio di Beppe, Ciro anticipa Damiano e, di testa, passa la palla a Dante che la stoppa e avanza picchiettandosi per tre volte la mano sui capelli. Poi scambia il pallone con Joao, indugia con la palla tra i piedi aspettando che i compagni prendano posizione per lo "schema Ciro", e lancia Tommi sulla sinistra.

Le Cipolline festeggiano il loro capitano e poi vanno a soccorrere Ciro, che si rialza molto lentamente con una smorfia di dolore.

– Ma mi sono scontrato con Duccio o con la Cipolline? – chiede il chitarrista napoletano.

– Lo "schema Ciro" è riuscito alla perfezione! – esulta Dante. – Hai fatto un perfetto blocco da basket!

– Sì, però ti prego... – supplica Ciro, tornando nella sua metà campo zoppicando – per oggi non facciamolo più!

Loris corre a riprendere il pallone in rete e lo riporta a metà campo. – Non fa niente, ragazzi! – esclama. – Se giochiamo come nel primo tempo, pareggiamo subito! Forza!

Trascinati dal loro capitano, i blu si lanciano di nuovo verso la porta di Spillo. Hanno forze fresche e una punta in più, perché Walter ha inserito Dario, attaccante, al posto del centrocampista Damiano e Kalou al posto di Chicco. Come ricorderai, sia Dario, biondino velocissimo, sia Kalou, nato in Africa, hanno giocato la finale di un anno fa.

Champignon ha inserito invece Pavel per Ciro, che ha il ginocchio ancora dolorante.

– Lo sapevo! – si lamenta il portiere delle Cipolline, prendendo il berretto e gettandolo a terra. – Questo stadio è stregato! Colpa di Napoleone! Quando c'è di mezzo lui, me ne succedono di tutti i colori…

– Ma non è colpa di Napoleone se hai sbagliato la presa! – ribatte Dante.

– Vuoi andare in porta tu, cervellone? – sbotta Spillo, infuriato.

– Calma, ragazzi! – ordina Tommi, che ha raccolto la palla in rete. – Restiamo uniti e concentrati! Ok?

Nessuno fiata più. La partita riprende sul 3-3.

Senza la diga di Ciro a centrocampo, Ale torna a scatenarsi come all'inizio del primo tempo.

È lui che parte da metà campo e, tirando dritto come un carro armato, arriva fino a Spillo. Sull'uscita del portiere, tocca la palla di lato e Loris non ha problemi a segnare a porta vuota: 4-3!

– Io a Spillo do un bel 2! – esclama testa d'ananas.

– Ma no, sei troppo severo – prova a frenarlo Lino.

– Ma perché mi fai fare le pagelle se poi contesti sempre i miei voti? – chiede Achille un po' risentito.

– Hai ragione... – risponde il piccolo giornalista, ripensando al martelletto. – Metti i voti che vuoi.

Il momento è critico. I tamburi brasiliani suonano la carica, cercando di superare il frastuono delle trombette.

– Forza Cipolline, c'è ancora tempo per rimontare! – urla Elvis, il papà di Becan.

Pavel, il più fresco di tutti, si procura una punizione al limite dell'area. Tommi si avvicina per tirare, ma Joao gli chiede: – Posso provarci io?

Il capitano sa che il mancino brasiliano calcia perfette punizioni alla Pirlo e si fa da parte. Purtroppo, però, il tiro di Joao è potentissimo ma troppo alto. Esce addirittura dallo stadio...

Donato impallidisce di colpo. – Hai visto dove è andato il pallone? Verso il parcheggio! Speriamo solo che non abbia ammaccato la mia auto nuova... – borbotta il papà di Tommi rivolto alla moglie.

Mancano quattro minuti al termine. Pavel, ancora bravissimo nel dribbling, conquista un calcio d'angolo. Dante solleva il pugno a "Cipo-ok": è il momento dello "schema fiore"!

Le Cipolline si abbracciano al centro dell'area di rigore, proprio davanti alla porta di Beppe, mentre Dante si prepara a calciare dalla bandierina.

Walter in panchina sorride. – Champignon, i tuoi ragazzi devono avere capito male. È dopo un gol che ci si abbraccia, non prima...

DANTE CALCIA IL CORNER.
THUD
MENTRE LA PALLA SCENDE IN AREA, LE CIPOLLINE SCATTANO IN DIREZIONI DIVERSE.
DOV'È TOMMI?
ALE E KALOU SI TROVANO IN DUE A MARCARE JOAO.
IL NUMERO 11 È MIO!
E ALLORA IO CHI DEVO MARCARE?
HIHI!!!
MENTRE I BLU VAGANO PER L'AREA DI RIGORE...
LA PALLA ARRIVA A TOMMI...
CHE, CON UNA PERFETTA ROVESCIATA, MANDA IL PALLONE ALL'INCROCIO DEI PALI.
4-4. IL GOL PIÙ BELLO DELLA GIORNATA!

Dudu, il centravanti dell'Inter, è il primo a schizzare in piedi in tribuna: – Stupendo! Meglio di Ibra!

– Io a Tommi gli do 10! – decide Achille e Lino, questa volta, non commenta.

– Come vedi, i miei ragazzi hanno capito bene: si abbracciano *anche* dopo il gol... – dice Gaston Champignon a Walter, rimasto impietrito davanti alla panchina.

Anche i ragazzi dell'Accademia Blu hanno reagito malissimo al pareggio. Pensavano di avere ormai vinto la finalissima e adesso non trovano la forza per ributtarsi all'attacco, nonostante il gran tifo dell'Accademia Fans.

Le Cipolline invece sono scatenate.

Joao scatta a sinistra con la palla sulla fronte, alla Foquinha, stringe al centro e viene falciato da Duccio. Punizione!

Dante sente un fischio dalla panchina, si volta e vede Champignon che fa uno strano gesto con i due pugni chiusi, come se stringesse le redini di un cavallo.

Di colpo in testa gli si accende una frase: *A un re basta il suo cavallo per vincere la battaglia.* Così prende la palla e spiega a Tommi e Joao cosa fare.

È iniziato l'ultimo minuto.

L'arbitro fischia. Tommi passa lateralmente a Joao, che stoppa la palla sotto la suola. Dante arriva in corsa e, grazie al tocchetto di Tommi, vede l'angolino non coperto dalla barriera. Calcia con forza e la palla finisce dentro la porta di Beppe: 5-4!

Incredibile! Le Cipolline hanno ribaltato il risultato grazie alla punizione del cavallo! I tamburi esplodono di gioia!

L'arbitro invita le Cipolline a interrompere i festeggiamenti e a tornare nella loro metà campo. – Ancora due minuti di recupero e fischio la fine – avverte.

Tommi guarda la coppa d'oro che brilla sul tavolino a bordo campo e le sorride. Ormai la sente sua. Non vede l'ora di alzarla verso la tribuna, verso i tifosi delle Cipolline. Verso Egle.

Loris urla: – Non molliamo fino alla fine!

Walter dalla panchina ordina: – Tutti avanti! Anche tu, Beppe! Corri!

Il portiere dell'Accademia Blu attraversa il campo e si lancia nell'area delle Cipolline per sfruttare la sua elevazione e cercare il pareggio di testa.

Questa è l'ultima azione.

DARIO CROSSA DA SINISTRA.
SPILLO ESCE DI PUGNO E RESPINGE LONTANO.
KALOU RECUPERA LA PALLA E LANCIA A DESTRA...
DOVE ACCORRE DUCCIO CON LE ULTIME FORZE CHE GLI SONO RIMASTE.
IL NUMERO 5 FINGE IL CROSS, LARA ABBOCCA E SI VOLTA.
DUCCIO ENTRA IN AREA PRONTO PER IL TIRO.
POK
SARA ACCORRE E CON LA PUNTA SPINGE LA PALLA IN CALCIO D'ANGOLO.
DUCCIO, CON UN GRAN URLO, CADE COME SE GLI AVESSERO SPARATO.
AHI!
RIGORE!
L'ARBITRO SEMBRA INDECISO.

Forse il direttore di gara non ha visto bene l'azione. Ha il fischietto in bocca e ci soffia dentro, indicando il dischetto del rigore.

– Ho colpito il pallone, giuro! – grida subito Sara, tirando l'arbitro per la giacchetta. – Non ha visto che la palla è rotolata fuori? Vuol dire che l'ho toccata!

I compagni abbracciano Duccio.

Tommi si ritrova in ginocchio, con la testa tra le mani, messo ko. dalla delusione. Guarda la coppa che ora non gli sorride più.

Ma così non è giusto. Quelli dell'Accademia Blu l'hanno fatto un'altra volta.

Non si può perdere un'altra finale per una scorrettezza!

10
IL SEME NELLA PENTOLA

Duccio si inginocchia accanto a Tommi.

– Hai perso qualcosa per terra? – chiede il difensore con un risolino ironico. – Vuoi che ti aiuti a cercarla? Forse è la coppa della finalissima? Beh, ora pareggiamo, poi nei supplementari vi stritoliamo...

Loris prende il pallone e lo sistema con cura sul dischetto, mentre Spillo si piazza tra i pali.

– Se lo para, invece di 2, in pagella gli do 11 – promette Achille.

Egle stringe le ossa della mano di Aiuto. Vedere Tommi così abbattuto, in ginocchio, la fa soffrire.

In tribuna c'è silenzio assoluto.

Ciro, in panchina, tiene tra le dita il cornetto rosso della sua collanina.

Gaston Champignon sente il suo cuore nuovo che batte un po' troppo forte.

Augusto ripete: – Spillo lo para... lo para...

Loris si avvicina al portiere delle Cipolline e gli sussurra qualcosa.

Sara, indispettita, commenta al limite dell'area: – Di sicuro quello sbruffone starà prendendo in giro Spillo.

L'arbitro si innervosisce: – Numero 9, se non calci subito il rigore, fischio la fine della partita!

Loris torna sul dischetto. Sistema nuovamente il pallone. Prende la rincorsa, parte, accorcia i passi poco prima di tirare e spara un gran bolide...

La palla passa alla destra del palo, colpisce una bottiglietta d'acqua e si perde sul fondo.

L'arbitro fischia la fine. Le Cipolline hanno vinto il campionato!

Invece di esultare o urlare di gioia, i ragazzi di Champignon hanno una strana reazione: sono rimasti come pietrificati dall'errore di Loris. Non se l'aspettavano. Erano ormai rassegnati a perdere un altro campionato per un'ingiustizia.

Le Cipolline si avvicinano a Tommi, che è ancora in ginocchio e si rialza lentamente.

– Capitano, – dice Sara – mi sa che abbiamo vinto il campionato...

Il numero 9 si gratta i capelli e, con il più bel sorriso che abbia mai fatto su un campo di calcio, risponde: – Credo di sì. Siamo noi i nuovi campioni…

Solo allora esplodono le urla di gioia. Le Cipolline si abbracciano e si riuniscono in uno splendido fiore. Il fiore della vittoria!

Saltano tutte insieme, al ritmo dei tamburi brasiliani, cantando: – *Cipolline olé olé, siamo meglio di Pelé!*

Poi corrono incontro al loro allenatore, che sta passando un fazzoletto di carta al suo aiutante.

– Augusto, ma stai piangendo! – osserva Sara, sorpresa.

– Effettivamente mi sono leggermente commosso… – ammette l'autista, asciugandosi gli occhi. – Noi portieri abbiamo le mani forti e il cuore tenero…

Augusto scambia un "Cipo-ok" con Spillo, mentre tutte le Cipolline si stringono per festeggiare il loro allenatore e danno pacche gioiose sulle spalle larghe del numero 1, che ha un'espressione strana, come se qualcosa non gli tornasse. Continua a fissare la bottiglietta d'acqua accanto al palo, pensieroso.

Dante se ne accorge e gli chiede: – Tutto a posto, Spillo?

– Sapete che cosa mi ha detto Loris prima di calciare il rigore? – dice il portiere.

– Quello sbruffone ti avrà sussurrato senz'altro qualcosa come: «Scordati di parare il mio rigore!» – ipotizza Sara.

– No – ribatte Spillo. – Mi ha detto: «Ora colpisco la bottiglietta d'acqua che hai appoggiato accanto al palo». E l'ha colpita in pieno...

Le Cipolline si scambiano sguardi sbalorditi.

– Guardate! – esclama Becan in quel momento, indicando il palco della premiazione.

I ragazzi si avvicinano al tavolino che regge la coppa d'oro, sotto la tribuna centrale, e trovano un corridoio inaspettato: i ragazzi dell'Accademia Blu disposti su due file, che applaudono al passaggio degli avversari.

Il primo a passare è Tommi, che stringe la mano a Loris.

– Da quando preferisci fare il tiro a segno invece di fare gol? – chiede il capitano delle Cipolline.

– A segnare un rigore sono capaci tutti, colpire una bottiglietta da lontano solo i fenomeni come me... – risponde Loris.

– Devo riconoscere che oggi sei stato il migliore in campo – ammette Tommi. – Avreste meritato di vincere più dell'anno scorso. Il calcio è strano...

– Grazie, Tommi. E ora goditi la festa, perché sarà l'ultima – consiglia il capitano dell'Accademia, sorridendo. – Il prossimo anno voglio assolutamente riprendermi lo scudetto!

Tutte le Cipolline sfilano nel corridoio d'onore e ricevono i complimenti e la stretta di mano degli avversari.

Duccio chiede a bassa voce al suo capitano: – Ho capito male, o hai sbagliato il rigore apposta?

– Quale rigore? – risponde Loris. – Quello non era rigore. Ti sei buttato come un sacco di patate.

Il presidente dell'associazione che organizza il campionato mette al collo dei vincitori una medaglia d'oro e infine consegna la coppa a Tommi.

Il capitano ringrazia, prende il trofeo, lo studia, lo bacia, cerca la maglietta rosa di Egle in tribuna e lo alza verso di lei, felice e orgoglioso, come non lo è mai stato da quando gioca a pallone.

Nell'attimo in cui tiene sospesa la coppa, mentre i tifosi delle Cipolline esplodono di gioia e lanciano in campo coriandoli bianchi e gialli, si accendono nella sua testa una serie di immagini, lampi velocissimi: il primo incontro con Gaston Champignon nel cortile del *Petali in pentola*, i provini di Dante e Spillo, la prima sfida con l'Accademia Blu, la finale persa per la slealtà di Loris, la Forchetta d'Oro a Parigi, i quaranta gol segnati agli Angeli di Crema, l'addio agli amici dell'Inter...

Rivede come in un film tutta la sua giovane carriera di calciatore.

E ora può esserne definitivamente certo: i pesci rossi del laghetto Forlanini gli hanno sempre dato il consiglio giusto, anche loro meritano un pezzo di coppa.

Tommi si sveglia dal suo breve sogno a occhi aperti, perché Sara, strattonandogli la maglietta, dice: – Capitano, faccela toccare un po' anche a noi...

Il trofeo passa così di mano in mano.

Le Cipolline corrono attorno al campo per il giro d'onore, mentre tutti gli spettatori dell'Arena applaudono.

I ragazzi dell'Accademia Blu si avviano, tristi, verso il loro spogliatoio.

Gaston Champignon taglia la strada a Loris: – Volevo fare i complimenti al migliore in campo e ringraziarti per il bel gesto di sportività.

Il capitano dell'Accademia Blu risponde, un po' imbarazzato: – Beh... voi mi avete accolto quando non avevo una squadra. Io non mi sono comportato bene e, per colpa mia, avete rischiato di perdere il campionato. Giocare la finale come una vera Cipollina, rispettando le regole, mi sembrava il modo giusto per chiedere scusa e per ringraziare.

Il cuoco-allenatore si liscia il baffo destro. – Oggi ti sei dimostrato degno della maglia che ti abbiamo dato. Le Cipolline sono orgogliose di avere avuto un giocatore in gamba come te... E siccome hai giocato le prime partite, in fondo, un pezzo della coppa è anche tuo. Perciò sei invitato alla festa che faremo domani sera al *Petali in pentola*.

– Grazie. Però non creda che calcerò sempre i rigori così! – esclama Loris. – Ora siamo pari. Nel prossimo campionato tornerò il vostro peggiore avversario.

– Alla prossima finale, allora! – saluta Champignon col pugno a "Cipo-ok".

Davanti alla porta dello spogliatoio, Loris trova suo papà con le mani sui fianchi e il volto scuro come un temporale.

– È vero quello che mi ha detto Duccio? – domanda Walter. – Che hai fatto apposta a sbagliare il rigore?

– Papà, potrei mai fare un gesto così sportivo con tutte le cose che mi hai insegnato? – ribatte Loris, entrando a fare la doccia.

Walter resta sulla soglia per alcuni secondi a riflettere sulla risposta del figlio. Non ci ha capito niente. Avrà sbagliato il rigore apposta, o no?

Tornate davanti alla tribuna centrale dopo il giro d'onore, le Cipolline si avvicinano alla recinzione e ricevono i complimenti da parenti e amici.

Perfino lo scheletro Aiuto sembra commosso.

Dudu e gli altri ragazzi dell'Inter festeggiano l'ex compagno di squadra.

– Sei stato bravissimo, capitano – dice Giuliano.

– Grazie, mister – risponde Tommi, orgoglioso. – Il merito è anche delle cose che ho imparato all'Inter.

Lucia osserva da lontano, felice. Sa che suo figlio non si ritroverà più davanti a uno specchio, in divisa nerazzurra, a chiedersi se tornare nelle Cipolline è stata un scelta sbagliata e inutile.

Dante, eccitato, racconta a suo padre com'è nata la punizione del cavallo. Pavel e Igor mostrano le loro medaglie ad Antonello, il papà giornalista. Joao danza insieme agli amici brasiliani, che non hanno ancora smesso di suonare i tamburi. La mamma di Ciro si informa sul ginocchio del figlio, uscito malconcio dallo scontro con Duccio.

– Donato, – dice Spillo – pensavamo di tornare all'oratorio sul tetto del tuo nuovo suv e di ballarci sopra come fanno i giocatori quando vincono una coppa importante.

– *Cosa?* – chiede il papà di Tommi con espressione terrorizzata. – Guai a chi si avvicina alla mia macchina!

Spillo fa l'occhiolino al capitano e tutte le Cipolline scoppiano a ridere.

Achille fa sapere che sarà lui a firmare le pagelle sul *GiornaLino*. – Qualcuno non è d'accordo? – chiede.

– Va benissimo! – rispondono in coro i ragazzi.

Finalmente Tommi riesce ad avvicinarsi a Egle.

Si toglie la maglietta numero 9 e la lancia oltre la rete di recinzione. La ballerina la prende al volo ed esclama: – Ecco il mio pigiama!

– Un pigiama da vincitore – ripete con orgoglio il capitano e si aggrappa alla rete per ammirare il sorriso di Egle, che brilla più della coppa d'oro.

Egle si mette sulle spalle la maglia delle Cipolline, poi, tirando la pelle del viso con due dita, si fa gli occhi a mandorla, stretti stretti, come li hanno i cinesi.

Tommi vorrebbe tornare immediatamente in campo e cominciare a correre da porta a porta, per completare il più presto possibile il conteggio fino a duecentomila.

Sulla Cipo-line che riporta a Lambrate i nuovi campioni, le Cipolline cantano e scherzano.

Augusto, con il suo nuovissimo berretto bianco, intona l'inno della squadra, *Cipolline olé olé, siete meglio di Pelé*, e tutti i ragazzi gli vanno dietro, ballando allegri tra i sedili.

A un certo punto, Gaston Champignon prende il microfono e chiede silenzio.

– Voglio farvi una domanda – annuncia. – Secondo voi, quando abbiamo vinto il campionato? Qual è stato il momento più importante?

– Quando è tornato Tommi – risponde Dante.

– Quando abbiamo rimontato i Diavoli Rossi – suggerisce Igor.

– Oggi, nell'intervallo, quando abbiamo studiato gli schemi di Ciro e del fiore che ci hanno fatto segnare due gol – dice Becan.

Ognuno avanza un'ipotesi.

Gaston Champignon ascolta e alla fine spiega: – No. Nessuno ha indovinato. Voi avete vinto il campionato nel momento in cui avete infilato nella pentola i bigliettini con scritto "sì". Quel giorno avete accettato in squadra Loris e lui oggi, comportandosi da Cipollina, ci ha fatto vincere la coppa. Ricordatevelo sempre: chi punta sull'amicizia non perde mai. Quel giorno dentro la pentola avete gettato un seme. Per mesi non avete visto nulla e avete pensato che il seme fosse stato sprecato. Invece stava germogliando sotto terra e oggi avete visto spuntare la piantina: il rigore di Loris.

I ragazzi si guardano in silenzio, riflettendo sulle parole del cuoco-allenatore.

– Forse mio nonno si sbagliava... – commenta Sara. – A volte una pera può diventare una mela.

Il gatto Pentola si è appisolato dentro la coppa d'oro, appoggiata sul cruscotto della Cipo-line.

11
UNA GRANDE FESTA

Tommi si sveglia col sorriso, poi di colpo il suo viso diventa serio, quasi spaventato.

Pensa: «Non mi sarò mica sognato tutto?».

Gira la testa e vede la coppa sul cuscino. Sembra che sia ancora addormentata. Il capitano allora sorride, l'afferra, si mette in piedi sul letto e la solleva verso il soffitto.

È in questa posizione che lo sorprende Donato, affacciandosi nella stanza: – Ai miei tempi, i bambini si portavano a letto un orsacchiotto di peluche...

– Con una coppa così si dorme molto meglio, papà! – risponde il centravanti.

Tommi ha chiesto il permesso di poter tenere la coppa per una notte e naturalmente i compagni non hanno avuto niente da obiettare. Sanno che nessuno più di lui si è meritato il trofeo, perché ha fatto nascere la squadra, l'ha spinta a suon di gol e soprattutto perché ha rinunciato all'Inter per il bene delle Cipolline.

Nel pomeriggio Tommi scende al *Petali in pentola* e riporta la coppa a Gaston Champignon, che la posa sulla mensola, accanto alla lavagnetta.

– Ti ricordi quando abbiamo scritto qui il tuo nome, poi quello di Spillo e di Dante e, poco a poco, abbiamo messo in piedi la squadra? – chiede il cuoco-allenatore.

– Sì – risponde Tommi, sorridendo. – E si ricorda quando siamo andati al parco Forlanini a cercare i giocatori che ci mancavano?

– C'era un mancino che dribblava tutti e noi pensammo subito: «Ecco quel che ci serve sulla fascia sinistra...». Joao! – continua Champignon, lisciandosi il baffo destro.

– Devo ammettere che se in quei giorni qualcuno mi avesse detto: «Le Cipolline arriveranno subito in finale e l'anno dopo vinceranno il campionato», io l'avrei preso per matto... – confessa il capitano.

– Io no, invece – ribatte il cuoco. – Io gli avrei risposto: «Caro signore, sono perfettamente d'accordo con lei!». In cucina ho imparato che se hai dei buoni ingredienti può riuscirti qualsiasi piatto.

Guarda questi fiori, per esempio: sono bellissimi. Alla festa di stasera vi farò assaggiare una pasta greca ai fiori di zucca da leccarsi i baffi! Ma bisogna prepararla con cura. Per prima cosa, dopo aver lavato i fiori, bisogna estrarre il pistillo giallo, così...

Gaston Champignon impugna un paio di forbicine ed esegue l'operazione sul piano di marmo della cucina.

– Mentre finisco, – propone il cuoco – tu potresti sbattere le uova che ho già sgusciato e messo in quella scodella. Ti va di darmi una mano?

– Volentieri – risponde Tommi.

Il capitano comincia a darsi da fare, agitando la forchetta nella scodella.

Dal *Petali in pentola* il capitano raggiunge l'oratorio Giovanni XXIII sulla sua bicicletta rosa. Alla fine ha deciso di non pitturarla. A Egle piace così. Le ha perfino trovato un nome: Meringa.

Tommi trova gli amici attaccati alla bacheca, intenti a leggere il numero speciale del *GiornaLino,* che Lino illustra con grande orgoglio.

– Achille è stato una vera sorpresa! – esclama il giornalista. – Ha scritto delle pagelle divertentissime.

– A me non fanno ridere per niente! – ribatte Spillo, arrabbiatissimo. – Ascoltate cosa ha scritto nella mia pagella quella testa d'ananas: *Oltre a un buon dietologo che gli faccia perdere qualche chilo, il nostro portiere avrebbe bisogno anche di un buon oculista... forse non ci vede per la fame. Voto 5*. E a voi queste cose fanno ridere?

– A noi sinceramente sì.... – borbotta Sara ridacchiando.

– Ma quell'Achille è un incompetente! – esplode allora il portiere. – Io ho fatto delle parate decisive! Ho preso un gol per sfortuna e uno per colpa del sole e di quel maledetto Napoleone che ha costruito uno stadio stregato!

– Non prendertela, Spillo... – lo consola Dante – meglio che colpisca con la penna piuttosto che con il martello, no?

– Guarda che io non ho paura del suo martello! – ribatte il portiere. – Io sono un lottatore di wrestling! Appena lo vedo, stai tranquillo che gliene dico quattro, perché questa pagella non mi è piaciuta per niente!

– Sei fortunato, Spillo, – commenta Tommi – non devi neppure aspettare. Achille è già qui...

Le Cipolline si voltano verso il cancello e vedono testa d'ananas che sta entrando nell'oratorio, con le mani nelle tasche posteriori dei jeans e con indosso i suoi inseparabili stivaletti a punta.

– Ciao ragazzi! – saluta Achille. – Vi sono piaciute le mie pagelle?

– Sono super! – risponde Sara con un bel sorriso. – Grazie per il voto e per i complimenti. Nessuno mi aveva mai chiamata la "pantera con gli occhi di zucchero". Sei un vero poeta...

Achille sorride compiaciuto.

– Però c'è Spillo che avrebbe una cosa da dirti... – interviene Tommi.

Achille si volta verso il portiere: – Dimmi, Spillo!

Il numero 1 si tocca la catena da wrestling che porta al collo, si gratta la testa, poi si infila le mani in tasca e farfuglia: – Sì... beh... cioè... volevo dirti che stasera noi festeggiamo la coppa al *Petali in pentola*... Se ti va, puoi venire...

Le Cipolline si guardano tra loro e fanno un grande sforzo per non ridere.

– Mi invitate? Davvero? – chiede Achille, sorpreso.

– Certo, da Champignon si mangia benissimo – dice Tommi. – Poi ci sarà un concerto degli Skeletron. Verranno anche le Rosa Shocking, balleremo, ci sarà da divertirci!

– Mitico! – esclama Achille, entusiasta. – Verrò senz'altro. Volo subito a casa ad avvertire mia mamma che stasera ceno fuori. A dopo, ragazzi!

Si allontana di corsa, poi si volta dopo una decina di metri e urla: – Ah, mi raccomando, Spillo: prenota l'oculista!

Le Cipolline scoppiano a ridere.

Sara dà una pacca sulle spalle del numero 1 e commenta: – Bravo Spillo, gliene hai proprio dette quattro!

Il portiere si gratta il testone e borbotta: – Per questa volta l'ho perdonato. Gli è andata bene...

Donato sta finendo il suo turno di lavoro. È il suo ultimo giro alla guida dell'autobus 54.

Un passeggero anziano si avvicina al posto di guida e domanda: – Scusi, sa dove devo scendere per via Tulli?

– Non conosco nessuna via Tulli – risponde il papà di Tommi. – Forse voleva dire via Lulli.

Il passeggero legge un pezzo di carta stropicciato e ripete: – Qui c'è scritto Tulli...

Donato osserva le lenti spesse degli occhiali del signore e chiede: – Le spiace se leggo il suo foglietto?

Il papà di Tommi controlla e conferma: – Credo che sia proprio via Lulli. È la prima fermata dopo il semaforo.

– Grazie, molto gentile – dice il passeggero.

Il semaforo è rosso. Al verde, Donato fa ripartire la 54, ma in mezzo all'incrocio viene colpito da un'auto che arrivava da destra e che, evidentemente, è passata col rosso.

I passeggeri urlano per lo spavento. Donato controlla che nessuno si sia fatto male, poi apre le porte dell'autobus.

Appena mette piede in strada, diventa bianco come le strisce pedonali ed esclama: – Lucia!

Il nuovo macchinone di Donato è fermo in mezzo all'incrocio con i fanali rotti e una grossa ammaccatura nella parte anteriore.

– Era giallo, – prova a giustificarsi Lucia – perciò ho accelerato per passare prima che diventasse rosso...

– Te l'ho detto mille volte che con il giallo devi rallentare, non accelerare! – protesta Donato, che si è inginocchiato a terra per verificare i danni dell'auto. – Se io sono passato col verde, vuol dire che tu avevi il rosso!

La mamma di Tommi si scusa, con grande imbarazzo.

Alcuni passeggeri sono scesi dall'autobus.

Il signore anziano con il biglietto in mano si avvicina a Donato e gli sussurra in un orecchio: – Lei è gentile, ma si preoccupa troppo dell'auto della signora. È passata col rosso. Colpa sua. E poi questi macchinoni inquinano. Io li eliminerei tutti!

– Io no, perché so quanto mi è costato… – commenta sconsolato Donato, accarezzando il cofano del suv. Come fosse un cagnolone ferito.

La festa al *Petali in pentola* riesce alla grandissima.

La pasta greca ai fiori di zucca conquista tutti.

Prima del dolce, avviene la premiazione.

Gaston Champignon chiede un po' di silenzio, picchiettando un bicchiere col coltello, e annuncia: – Cari amici, è il momento di ringraziare a uno a uno i nostri ragazzi, che hanno disputato un campionato splendido. Lo ricorderemo per sempre, non per la vittoria, ma perché è stato un cammino emozionante, percorso con amicizia e con gioia, nel rispetto degli avversari e delle regole. È di questo che io sono tanto orgoglioso. E per questo voglio ringraziare i miei giocatori con una Cipollina d'oro.

Gli invitati applaudono calorosamente.

A uno a uno, davanti a Gaston Champignon sfilano tutte le Cipolline: Tommi, Spillo, Sara, Lara, Ciro, Becan, Dante, Joao, Igor, Pavel.

Ognuno scambia un "Cipo-ok" col suo allenatore, poi ritira la medaglietta d'oro che ha su un lato una cipollina e sull'altro la scritta: *Chi si diverte non perde mai.*

Oltre alla medaglia, i ragazzi ritirano anche un libretto: la cronaca delle partite della stagione e le pagelle raccolte da Lino. Così le Cipolline potranno rileggersi tutta d'un fiato la storia del campionato conservando per sempre il ricordo della loro impresa.

Dopo l'applauso per l'ultima Cipollina, è rimasta sul tavolo ancora una piccola medaglia d'oro.

Gaston Champignon la prende e annuncia: – Questa è per Loris, che è stato il nostro centravanti e si è dimostrato una buona Cipollina anche quando ha giocato contro di noi…

Il capitano dell'Accademia si alza da tavola con qualche imbarazzo, ma poi, spinto dagli applausi di tutti, sorride convinto e scambia un "Cipo-ok" col cuoco.

I premi a sorpresa non finiscono qui.

Dante raggiunge Gaston Champignon e, prendendo in mano un pacchetto, annuncia a tutti: – Volevamo fare un regalo speciale al nostro capitano per ringraziarlo. Ha lasciato l'Inter per noi. Senza il suo ritorno, non avremmo mai vinto il campionato. Tommi, sei grande!

Scoppia un vero e proprio boato: urla, fischi e applausi.

Tommi non se lo aspettava. È così emozionato che non riesce a staccarsi dalla sedia. Lo fa solo grazie allo spintone di Spillo, che lo catapulta in mezzo alla sala...

Il capitano ringrazia e scarta il pacchetto. Si tratta di un libro, sulla copertina c'è scritto: *Il Milione*.

– Lo ha scritto un italiano che tanti tanti anni fa è arrivato fino in Cina, si chiamava Marco Polo – spiega Dante. – Ti servirà per imparare la strada, capitano...

Scoppiano tutti a ridere e parte un altro grande applauso.

Tommi, rosso come una fragola, cerca Egle con lo

sguardo, che gli sorride tendendosi gli occhi con le dita, alla cinese.

Dopo cena, Augusto, Ciro, il Gatto, le gemelle ed Egle vanno a cambiarsi in cucina e tornano con le canottiere nere col teschio stampato sopra. Preparano gli strumenti, poi Egle prende il microfono e parte lo scatenato concerto degli Skeletron.

Spostati i tavoli lungo le pareti, si mettono tutti a ballare in mezzo alla sala: Cipolline, genitori, Rosa Shocking, Champignon e la signora Sofia...

Ogni tanto Augusto, che suona la batteria, colpisce Aiuto appeso all'attaccapanni, così sembra che stia ballando anche lo scheletro.

Achille si sta divertendo un sacco.

A un certo punto vede Gaston Champignon che si dirige verso la cucina per preparare le meringhe e lo segue.

– Non ti piace il concerto degli Skeletron? – gli domanda il cuoco-allenatore.

– Sì, ma sono venuto per consegnarle questi – spiega Achille, allungando un mazzetto di banconote.

– Sei riuscito a recuperare i soldi che hanno rubato a Lino? – chiede Champignon.

– Beh, non è stato molto difficile, visto che glieli

ho rubati io... – confessa Achille. – E scommetto che lei lo sapeva fin dall'inizio.

Il cuoco si gratta il naso e risponde: – Effettivamente sì.

– Lei sapeva che io sono un ladro e che mio fratello è in prigione perché ha rubato, eppure ha voluto farmi giocare lo stesso nelle Cipolline. È una cosa che proprio non riesco a capire – mormora testa d'ananas.

– È semplice – spiega Champignon. – Tuo fratello sta pagando l'errore che ha commesso, ma tu non c'entri con la sua colpa. Tu hai sbagliato, ma puoi ancora dimostrare di aver capito il tuo errore. Credo che tutti meritino un'occasione per farsi perdonare. Per questo ti ho fatto giocare con le mie Cipolline.

– Sa, signor Champignon, – commenta Achille – quando ti ritrovi sempre da solo e gli altri cambiano marciapiede appena ti vedono o interrompono la partita appena gli chiedi di giocare, alla fine diventi un po' cattivo... Però ho capito che fare il prepotente è sempre sbagliato e che avere degli amici come le Cipolline è la cosa più bella che c'è. Lino è davvero fortunato...

Gaston Champignon sorride. Poi immerge un cucchiaino in una scodella e lo allunga ad Achille lisciandosi il baffo destro, quello della soddisfazione: – Assaggia questo impasto e dimmi se non è la fine del mondo...

Achille assaggia ed esclama: – Mitico!

A metà concerto, il cuoco-allenatore si fa prestare il microfono da Egle e fa il grande annuncio: – Dimenticavo una cosa: come campioni della provincia di Milano, tra due settimane dovremo andare a Roma per sfidare i rappresentanti delle altre città. C'è in palio il titolo nazionale. Ci proviamo, Cipolline?

I ragazzi si guardano con gli occhi spalancati, poi esplodono in coro: – Sììì!!!

E si abbracciano per la gioia, come dopo un gol.

– Il Colosseo, i Fori Imperiali, San Pietro... – esulta Dante. – Vedremo cose stupende!

Spillo dondola il testone sconsolato. – Ho già capito che ci toccherà un'altra lezione del nostro secchione... Speriamo solo che non ci sia di mezzo Napoleone!

Nella pausa del concerto, meringhe per tutti.

Tommi ed Egle aiutano Champignon a portarle in tavola.

Poi il capitano apre la porta della cucina che si affaccia sul cortile e chiama la ballerina: – Guarda, le riconosci?

Egle lo raggiunge in cortile.

– Sono le stelle di Parigi – dice Tommi indicando il cielo.

La ballerina sorride e dà al centravanti un bacio dolcissimo.

Non importa se la Cina è così lontana.

Come andrà il torneo di Roma?

Le Cipolline diventeranno campioni d'Italia?

Sarà una vacanza divertente come quelle di Rio e di Parigi?

Entrerà in squadra anche Achille?

Loris resterà nell'Accademia Blu?

Egle partirà davvero per la Cina?

Ti racconterò tutto nel prossimo libro.

A presto. Anzi, a prestissimo!

DIRITTO DI GIOCARE A CALCIO... DIVERTENDOSI!

Alle sue Cipolline Gaston Champignon ricorda sempre che la prima regola è divertirsi, non vincere. Perché chi si diverte... non perde mai!

Beh, non è il solo a pensarla così: nel 1992 a Ginevra è stata scritta una *Carta dei diritti dei ragazzi allo sport*. Leggetela bene e pretendete che i vostri diritti vengano sempre rispettati!

1. Il diritto di divertirsi e giocare
2. Il diritto di fare sport
3. Il diritto di beneficiare di un ambiente sano
4. Il diritto di essere circondato e allenato da persone competenti
5. Il diritto di seguire allenamenti adeguati ai suoi ritmi

6 Il diritto di misurarsi con giovani che abbiano le sue stesse possibilità di successo

7 Il diritto di praticare sport in assoluta sicurezza

8 Il diritto di avere i giusti tempi di riposo

9 Il diritto di non essere un campione

Gaston Champignon

CHI È LUIGI GARLANDO?

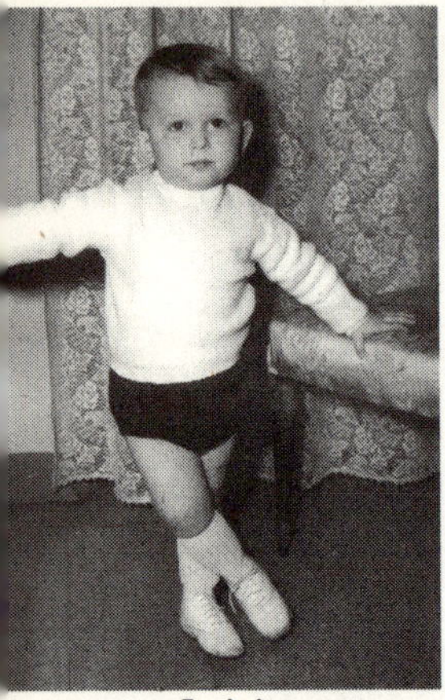

Luigi a tre anni

Tra le tante cose che facevano infuriare mia mamma quando ero piccolo ce n'erano due in particolare: il lampadario della sala rotto e i cuscini sporchi d'inchiostro. Bastava che mi lasciassero solo in casa con mio fratello Ferruccio e la sala da pranzo diventava uno splendido campo di calcio. Il guaio è che in sala avevamo un insopportabile lampadario di cristallo, bello ma delicatissimo, una specie di testa con tanti orecchini di vetro: alla minima pallonata perdeva i pezzi.

Diventato un po' più grande, ho scoperto il divertimento della scrittura. Visto che ormai non avevo più l'età per farmi raccontare le fiabe, alla sera, prima di addormentarmi, me le raccontavo da solo, o meglio, inventavo delle storie e le scrivevo su un quaderno a quadretti. Il guaio, in questo caso, è che il sonno spesso arrivava prima che riuscissi a posare il quaderno e a mettere il tappino alla biro che così, rotolando nel letto per tutta la notte, macchiava cuscino e lenzuola.

Insomma, a me il calcio e la scrittura sono sempre piaciuti, infatti oggi sono un giornalista sportivo. Scrivo sulla *Gazzetta dello Sport*, quel giornale rosa

che si pubblica a Milano, città in cui sono nato e cresciuto.
Prima di diventare giornalista, però, ho fatto per qualche anno l'insegnante di italiano. Allora davo i voti agli studenti, ora li do ai calciatori. La differenza è che quando un ragazzino si prendeva un 4 in un tema non mi telefonava per protestare, mentre quando do un 4 sul giornale a un centravanti, spesso mi squilla il cellulare...

Luigi Garlando

Non sono veloce come Becan o Joao, non ho la grinta di Sara e Lara, non ho la potenza di Spillo né l'altezza di Ciro-Ciraffa, non ho i piedi buoni di Tommi né il lancio preciso di Dante, ma gioco a pallone lo stesso... Almeno una volta alla settimana, con i miei compagni di lavoro. E come spiega Gaston Champignon: io non perdo mai, perché mi diverto sempre! Modestamente, ho una certa classe, come potete vedere nella foto qui sopra...

Un abbraccio a tutti!

P.S. Se volete scrivere a me o alle Cipolline, questa è la mia e-mail: lgarlando@rcs.it

CHI È STEFANO TURCONI?

Stefano a tre anni

Sono nato in un paesello in provincia di Milano, nel 1974. Quando ero piccolo tutti i miei amici volevano fare i piloti di robot, io invece sognavo di fare il contadino, perché mi piacevano gli animali e il mio cartone animato preferito era "Heidi".
Purtroppo sono pigro! A me piace svegliarmi tardi, e quando mi hanno spiegato che in una fattoria ci si alza all'alba e si lavora tutto il giorno figuratevi che dramma!!!
Ho subito cambiato idea. Mi piaceva disegnare, e il pensiero che l'unica fatica fosse temperare la matita era allettante. Così decisi di fare il disegnatore.
Adesso vivo con mia moglie, che fa la sceneggiatrice di fumetti (guarda caso!). Nel tempo libero mi piace pasticciare con le tempere, andare a camminare in montagna e viaggiare in posti lontani. Mi piacciono i formaggi puzzolenti, i salumi grassi, il gelato alla stracciatella e il caciucco alla livornese.
Ah, ho realizzato il sogno di svegliarmi tardi la mattina! Peccato che poi mi tocca stare tutto il giorno attaccato al tavolo da disegno. Forse effettivamente fare il pilota di robot...

Stefano Turconi

Stefano Turconi

INDICE

VIENI A GIOCARE CON LE CIPOLLINE
SUL LORO SITO!

www.lecipolline.it

Luigi Garlando

GOL!

NON PERDERTI
LE AVVENTURE DELLE CIPOLLINE:

1. Calcio d'inizio
2. E ora... tutti in Brasile!
3. Inizia il campionato
4. Sognando la finalissima
5. La sfida decisiva
6. In trasferta a Parigi
7. Una scelta importante
8. Arriva il nuovo capitano
9. Il grande ritorno
10. L'ora della rivincita
11. Intervista con il campione
12. La nuova squadra
13. Un campionato difficile
14. Cina... stiamo arrivando!

Supergol!
Scendi in campo
con le Cipolline!

...E TANTE ALTRE IN ARRIVO!

LARA
2
1
RESTLIN
SPILLO
DANTE
10
CIRO
6